René Schickele

Himmlische Landschaft

Skizzen und Naturbilder
von Badenweiler und dem Oberrhein

René Schickele: Himmlische Landschaft. Skizzen und Naturbilder von Badenweiler und dem Oberrhein

Erstdruck: Berlin, S. Fischer, 1933

Neuausgabe
Herausgegeben von Karl-Maria Guth
Berlin 2017

Umschlaggestaltung von Thomas Schultz-Overhage unter Verwendung des Bildes: Gustave Courbet, Flusslandschaft, 1869

Gesetzt aus der Minion Pro, 11 pt

Verlag: Henricus - Edition Deutsche Klassik GmbH
Mörchinger Str. 33, 14169 Berlin, info@henricus-verlag.de
Druck: Libri Plureos GmbH, Friedensallee 273, 22763 Hamburg

ISBN 978-3-7437-0596-8

Bibliografische Information der Deutschen Nationalbibliothek

Die Deutsche Nationalbibliothek verzeichnet diese Publikation in der Deutschen Nationalbibliografie; detaillierte bibliografische Daten sind im Internet über www.dnb.de abrufbar.

Inhalt

Vorwort

Erlebnis der Landschaft

Ich erinnere mich, wie ein junger Dichter, der den Krieg als Artillerieleutnant mitgemacht hatte, mich um das Jahr 1921 besuchte. Er kam müde und verstimmt aus dem Ruhrgebiet, wo er Monate unter Tag gearbeitet hatte, um Geld für sein Studium zu verdienen. Ich führte ihn auf einen Berg und zeigte ihm die Schätze der Erde.

Kaum aber ergriff ihn die Schau über die Rheinebene, die Vogesen, die Weinberge, die dem südlichen Schwarzwald vorgelagert sind, und wollte ihn entrücken, als auch schon das wiedergewonnene Freiheitsgefühl in ihm sich seltsam empörte. Sein Artilleristengehirn begann nach Deckungen, Richtpunkten zu suchen, in einer Art Schwärmerei führte er Krieg mit Kanonen in dem gewaltigen Garten, der sich seinen Blicken darbot. Er verließ uns, ohne etwas andres von hier mitzunehmen als die Erinnerung an eine etwas phantastische Reliefkarte eines Kriegsschauplatzes, in die er allerhand Einzeichnungen gemacht hatte. Dabei hatte der Krieg ihn nie in diese Landschaft geführt, er sah sie zum erstenmal.

Seitdem weiß ich: auf ihrem langen und vielfältigen Rückzug aus dem Krieg werden die Jungen nur mühsam und mit stockenden Pulsen zur Landschaft, zu ihrer Kindheit zurückfinden. Sie werden vierzig Jahre alt werden, bevor sie von neuem unschuldige Erde betreten, bevor mit der sich verflüchtigenden Zweckhaftigkeit des Blickes die Bereitschaft zur Empfängnis wiederkehrt. Mit Politik hat das nichts zu tun, nicht einmal damit, in welchem Geiste einer den Krieg erlebt hat. Für alle war der Krieg da: Mondlandschaft, wissenschaftlich erzeugtes und beherrschtes Erdbeben, Zusammenbruch. Alle, die ihn erlebt haben, hat er erst einmal um und um gekehrt.

Um das Maß der Unschuld, der Glücksfähigkeit in sich zu ermessen, trete man vor die Landschaft. Selbst bei Künstlern, die keine oder nur eine geringe Beziehung zur Landschaft zu haben scheinen, etwa (um zwei Gipfel und Gegensätze zu nennen) Dostojewski und Raffael, stellt sich das Werk auf seinem Höhepunkt als geheimnisvoll verwandelte Landschaft dar, oder, mit einem Wort von Novalis: das Äußere, das Werk ist ihr »in Geheimniszustand erhobenes Inneres«, das Innere aber wiederum unbedingt das Abbild einer Landschaft, nämlich der Kindheit.

Andere, die so beschaffen sind, daß die Landschaft unmittelbar zu ihnen spricht, und denen der Umgang mit ihr zur zweiten Natur geworden ist, empfinden sie als ein lebendiges Wesen, lesen ihr Leben von ihren Zügen ab, hören sie für sie sprechen, wandern in ihr wie mit der lautlosen Einen oder dem dramatischen Chor, der bald Freund ist, bald Feind. Am tiefsten gestaltet sich diese Zwiesprache, wenn es sich um die Heimat handelt, das heißt die naturgewordenen Worte und Gebärden der Vorfahren, die mütterliche Form, die uns gebildet.

Im südlichen Schwarzwald liegt ein kleiner Kurort Badenweiler. Er verhält sich zu Baden-Baden wie Kammerspiele zum großen Theater. Er trägt ein adelig stilles Gepräge. Von den Waldwegen sieht man in die Schweiz und das Elsaß hinein. Es ist, seitdem das Elsaß wiederum zu Frankreich gehört, eine Dreiländerecke. Hier wachsen Pappel, Edelkastanie und Rebe. Es gibt Pinien und Zypressen, ein dem Ort seitlich vorgelagerter Hügel, den heute ein herrlicher Buchenwald bedeckt, heißt der Ölberg, weil die Römer, die auch die Rebe hierher brachten, dort ihre Ölbäume stehen hatten. Durch die Burgundische Pforte, zwischen Vogesen und Jura, das Einfallstor der Völkerwanderungen, eilen die Gedanken in das Reich des Lichts mit der himmlischen Küste, in Roms »Provinz«, die Provence. Nach Avignon ist es nicht weiter als nach München, nach Marseille nicht weiter als nach Berlin. Hier habe ich mein Zelt aufgeschlagen.

Als ich noch den Platz suchte, wo ich mich niederlassen wollte, traf ich den Maler Emil Bizer, und dem war es gleich so klar wie der Herbsttag, der uns zusammenführte, daß es nur hier sein könnte. Er nannte mir keine Gründe, sondern ging mit mir spazieren. Wir sprachen nicht viel, aber vom ersten Tag an gingen wir nebeneinander her wie Freunde, die Wege und Waldwinkel ihrer Kindheit aufsuchen.

Vom Hochblauen hinab zum Rhein, von Freiburg bis Basel, Blatt um Blatt des Bilderbuches schlug Bizer mir auf, mit leichtem Finger, schon im Weiterwandern, mit einem guten, flüchtigen Ernst in den Augen, der zu fragen schien: »Erinnerst du dich?« Und wenn etwa von Paris oder Berlin die Rede war, so sprachen wir davon wie zwei rheinische Alemannen, die mit Freude und Gewinn in Paris und Berlin gewesen sind. Einmal war eine Dame mit uns, die fiel bei dem Wort »Paris« in eine Art Rauschzustand – gleich rühmten Bizer und ich das nüchterne, wuchtige Basel. So fand ich nicht nur einen neuen, schönen Winkel meiner schönen, alten Heimat, sondern zu dieser Landschaft auch gleich einen Kameraden.

Wir sind nebeneinander aufgewachsen, Bizer rechts, ich links des Rheins, im großen gerundeten Garten zwischen Vogesen und Schwarzwald, der so eins und unteilbar ist, daß die politischen Grenzen deutlich als eine Fiktion erscheinen.

Es ist die Landschaft, die im »Simplizissimus« Grimmelshausen, auf einem Vorberg des Schwarzwaldes sitzend, als die Gegend schildert, »in welcher die Stadt Straßburg mit ihrem hohen Münsterdom, gleichsam wie das Herz mitten in einem Leibe beschlossen, hervorprangt«, und die Philesius am Ende des fünfzehnten Jahrhunderts in seinem Vogesengedicht überaus anmutig besang:

»Hier wächst lieblicher Wein auf sonnengesegneten Hügeln ...«

Wird nicht jeder Badener, dem ich das Gedicht vorsage, lächeln wie einer, dem man von seiner vertrauten Liebe spricht? Nicht minder erkennen wir Elsässer in Hebels Gedichten und Geschichten und selbst in Thomas Bildern den Abglanz unserer Täler und Hänge. Daß sie dennoch verschieden sind, erhöht den Reiz der Familienähnlichkeit. Links des Rheins sind die Menschen lebhafter, glatter, aufgeweckter in jeder Beziehung, die Berge spröder und abseitiger. Auf dem rechten Ufer verhält es sich gerade umgekehrt. Da sind die Berge ein einziger, weitgeöffneter Park, alte Rast- und Erholungsstätte, wo schon alle Sprachen der Erde geklungen haben, die Bewohner aber eckiger, unzugänglicher, vielfach noch ganz in sich versunken. Der Fremde sieht den Unterschied greifbarer bei den Menschen, wir Alemannen empfinden ihn stärker in der Natur. (Um die Unterschiede in einer so kunstvoll geschlossenen Landschaft zu erkennen, muß man darin leben, die Unterschiede des Temperaments stoßen dem Fremden eher auf.) Im übrigen sehen die meisten, wie sie sehen wollen, nämlich politisch. Weshalb über keinen Erdenfleck so viel albernes Zeug geschrieben und geredet worden ist wie über diesen.

So ist das alemannische Rheinland.

Hier bin ich geboren. Hier bin ich zu Hause. Heimat, das ist für uns eine so köstliche, so lebendige Tatsache, daß wir darüber die unvermeidlichen Irrwege vergessen. Menschen und Umstände können uns die Heimat verstellen, so daß wir nicht zu ihr hinfinden, sie verloren geben. Aber immer sind wir selbst es, wir allein, die ihr, notgedrungen oder leichtfertig, untreu werden, und wir brauchen nur reinen Herzens *da zu sein*, um den Ursprung wiederzufinden.

Es geschah mir nicht selten, daß mir hüben oder drüben des Rheins, hier in meiner Heimat, das Aufenthaltsrecht bestritten wurde, nicht gerade polizeilich, aber moralisch. Ich wußte dann nie, sollte ich weinen oder lachen über die Leichtfertigkeit eines zufällig in diese Gegend gewehten oder als Ladenhüter hier zurückgelassenen Zeitgenossen, der sich beschwerte, daß ich denselben Boden mit ihm trete: den Boden, mit dem alle meine Vorfahren ins Grab gegangen sind und worin sie treu liegen, dort, wohin sie gehören, in der großen alemannischen Familiengruft. Und auf dem ich nicht als Gewerbetreibender oder Verwaltungsbeamter stehe, bereit, einen andern Laden aufzutun, der sich besser verzinst, oder einem neuen Herrn zu dienen, wenn der alte bankrott ist, sondern als lebendiges Gewissen und lebendiges Lied dieser Landschaft.

Nein, wohin wir, im höchsten wie im gewöhnlichen Sinne, gehören, was *Heimat* ist, das wissen wir besser und um so mehr, als unser Horizont keineswegs im Umkreis unseres Nestes beschlossen liegt. Wir sind weit gewandert, haben viel von der Welt gesehn, fremde Völker und Meere genug, wir werden hoffentlich noch oft den Wanderstab ergreifen. Wir verwechseln nicht den Hahn unsers Kirchturms mit der (übrigens recht irreführenden!) Freiheitsstatue im Hafen von

New York oder anderen Sichtpunkten des Weltverkehrs. Aber mein Blick wandert vom Tisch zum Fenster hinaus auf die Hügel, die sich in die Rheinebene senken, und weiter zu der Linie der Vogesen, und ich genieße die gleiche Freude, wie wenn ich die Bewegung von Gemüt und Sinnen, die der Blick erzeugt, aus den Augen eines geliebten Wesens schöpfe. So persönlich sind für uns die Züge dieser Landschaft. So angefüllt mit Erinnerungen, Versprechen, Bekenntnissen.

Da sind Hügel (auf einem davon sitzt eine Ruine), wirklich wie von spielenden Engelshänden zusammengeschoben, und auch die beiden Sperber im unendlichen Himmel haben nicht mehr Gewicht als das Phantasiegebild eines Kindes. Dort eine bitter zerraufte Tanne: sie trotzt an der Nordecke eines Vorberges, wo der Wind sie zerreißt, das Moos sie auffrißt. Nur um weniges entfernt zeigt sich eine vergnügte Baumgruppe, hier nämlich scheint die Sonne, das Grün strotzt von Saft und Licht, und dann folgt am Fuß des Buckels ein Etwas, nichtssagend, die Holzwolle des ausgeleerten Spielzeugkastens, ein Schatten, ein paar Punkte – das ist der kleine Kurort, Badenweiler. Die Art, wie er in das Bild gehaucht ist, so daß es nur herausfindet, wer die Landschaft genau kennt, dem aber, der es entziffert, das Herz höher schlägt, das klingt mir wie ein Gedicht im Ton eines Volksliedes.

Was sehe ich noch? Einen dieser selben Hügel, die sich eben noch fröhlich aneinanderduckten, jetzt aber, nah und groß gesehen, erhebt er sich, gewitterhaft aufglänzend unter dem Fetzen Himmel, der aus der Rheinebene herüberhängt. Alles an ihm ist Bewegung – Bewegung wie in einer alten Tragödie. Dann einen Vorberg, hinter dem die Hügel sich in hängende Weingärten verwandeln, und zuletzt stößt der Blick unter einem aufschwebenden Vorhang in die Ferne, wo die Umrisse der Vogesen sich mit denen der Wolken vermischen. Manchmal liegen Berge und Tal im Dunst, dann herrscht über der Ebene die Weite des Meeres.

Jetzt ist die elsässische Ebene zum Greifen nahe – morgen wird es regnen! Deutlich erkenne ich das Rheindorf, das dicht am Strom liegt, über die Ziegeldächer schweift das Auge, über den Rhein und die elsässische Ebene (mit der italienischen Pappel im Wappenschild), die

Vogesen krönt am Abend ein lichtes Wolkengebilde, und alles strahlt in jugendlicher Anmut, in einem Singsang von Licht.

Als ich hierher kam, war ich ein toter Mann. Für immer schien sie mir »zerstört, die herrliche Welt«, und ich wußte keinen Ausweg aus den Trümmern, wo es von den Hyänen des Schlachtfeldes wimmelte und den Schakalen der Lüge und den Schlangen, die bei der Verwesung wohnen. Wie unzählige andre ging ich in einem bösen Wachtraum umher, in den Städten schossen und schrien sie weiter, und so viel glaubte ich erfahren zu haben: mit Schreien und Schießen war den Menschen nicht zu helfen. Ich war bescheiden geworden, ich erhob meinen Anspruch nicht mehr zu den andern, was gelten sollte, mußte erst einmal für mich gelten. Und mir jedenfalls war mit allem Händel nicht einen Schritt weiter zu helfen, dies wußte ich und sagte es mir vor, während ich über Hügel und Täler lief und hart arbeitete, um für mich und die Meinen die notwendigsten Lebensmittel zu beschaffen.

Zwei Jahre vergingen so, drei, vier – ohne daß ich mehr dachte und begehrte, als mein Leben zu fristen, versteckt und halb verschollen, doch immer inniger befreundet mit der Landschaft, der Kindheit, die mich voll unerschöpflichen Mitgefühls umgab.

Sie sprach zu mir, ohne daß ich es hörte, kaum, daß ich nachts im Hochwald den Laut der kleinen Wasser vernahm. Ich schien nicht zu hören, und jedenfalls lauschte ich nicht. Ohne es zu merken, öffnete sich mein Wesen weiter und weiter, die äußeren Bilder durchfluteten mich, wie ich, weit aufgeschlossen, durch die Jahreszeiten schritt. Ich ahnte nicht, daß diese äußern Bilder, wie der körperliche Blick sie streifte, Gestalt und Farbe meiner tiefsten Erinnerungen waren, die sich anschickten, von meinem ausgehöhlten Menschen Besitz zu ergreifen. Und langsam aufwachend, bildete sich mein zerstörtes Inneres neu nach dem Bilde der Landschaft, die meine Wahrheit war, Wurzel und Krone des Lebens, sie und nichts andres.

Ohne daß ich gerufen hatte, wurde mir eines Nachts, als ich abgemüht nach Hause kam, die Antwort – die *erste*, ungeahnt, überwältigend. Wie alles Vollendete enthielt sie mit dem ersten zugleich auch das letzte Wort. Beim Anblick meines langen, niedern Hauses am Rande des Hochwalds trat ich, von einer Ekstase erfaßt, in das Geheimnis allen Lebens ein. Ich fühlte in seliger Erschütterung, von der die Nacht lautlos widerhallte, die Vermählung der Landschaft mit meinem wiedergefundenen und geläuterten Ich. Als schwacher Abglanz nur und trüber Laut blieb mir von dieser Stunde ein Gedicht.

Ich wandere
Am schwarzen Wald entlang
Nach Haus.
Aus einem einzigen Stern am Himmel
Bläst der Wind
Immer den gleichen Funken,
Als fürchte er die Nacht im Wald
Und hüte für das Tal, das sie bedroht,
Dies Lichtlein in der Not.

Plötzlich gießt der Mond
Sein Füllhorn aus!
Der Hügel blüht als Weißdornhecke
An einem See,
Darinnen Dorf und Tal versunken.
Mein weißes Haus, die Arche,
Schwimmt darauf
In atemvoller Stille.
Nicht einmal die Hunde rühren sich,
Da ich den Hof betrete,
Im Traum nur hören sie mich kommen.
Süß beklommen,
Öffne ich die Tür und trete
In ein Geheimnis ein.

Im dunkeln Zimmer,
Im dunkeln Bett,
Die Augen geschlossen,

Im dreifachen Sarg,
Sehe ich den Weißdornhügel,
Von seinem Licht umflossen,
Und, wie es sich von ihm löst,
Mein Haus, die Arche,
Auf dem breiten Tale schwimmend,
Das wiederum ein See ist
Wie vor Tausenden von Jahren.

Der neue Wein

Wohin man blickte, waren die Wälder bunt, von innen heraus leuchtend, reglos.

Man hörte die Züge in der Ebene pfeifen und hörte Kinderstimmen, die sich in der Luft überschlugen, ohne daß man hätte sagen können, woher sie kamen, hörte das Knirschen eines Fuhrwerks mit Langholz, das weit weg im Wald den Berg hinabfuhr. So wunderbar klar hörte man sonst nur im März und April.

Da auch die Gänseblumen und Veilchen blühten, hätte es in der Tat Frühling sein können. Kein Vogel dachte daran, die Winterkurplätze aufzusuchen, oder aber sie hatten alle geträumt, sie seien schon von dort zurückgekehrt.

Eines Morgens blühte hier ein Birnbaum, dort ein Apfelbaum, und im Wald traf ich ein Vogelpaar, das sich allen Ernstes um die Herstellung eines Wochenbetts bemühte.

Natürlich war es doch anders als im Frühling – so pomphaft deutlich waren die Bäume im Frühling nicht! Jetzt konnte man von Baum zu Baum gehn und jeden bewundern, Wege, die der Sommer unter seinen Laubmassen verborgen hielt, kamen plötzlich ans Licht gesprungen, und wie sie kreuz und quer über die Hügel setzten, verlockten sie einen mit der Lustigkeit junger Hunde, alles hegen und stehn zu lassen und es ihnen gleichzutun.

In der Ebene brannten die Kartoffelfeuer und dufteten bis herauf. So war es Ende Oktober. So blieb es bis tief in den November.

Man hatte zu tun! Halbe Tage lang war ich unterwegs, versuchte den neuen Wein, wie er zwischen dem Kaiserstuhl und Hügelheim und dem Müllheimer Reggenhagen gedeiht, bekam braungelbe Finger vom Schälen der Nüsse und fuhr zu guter Letzt ins Elsaß hinüber, um auch den dortigen zu versuchen. Dies unter dem Vorwand, einem Bekannten aus Schwabenland die verlorenen Provinzen zu zeigen, hauptsächlich sein besonderes Stück daraus, die ehemals württembergische Herrschaft Reichenweiher, wo der beste Riesling des Landes wächst.

Wir waren auf einen Abendschoppen gekommen und blieben fünf Tage.

Bei der Heimfahrt standen die Weinberge glühend rot an der Straße, und über ihnen tanzten, soviel wir sehn konnten, pfingstliche Zungen. In Massen! Man hätte die ganze verstockte Welt mit ihnen versorgen können.

Wir rieben uns die Augen und erkannten, daß es sich um die Rebstecken der Weinberge handelte, die mit unruhigen Spitzen in der Sonne flirrten.

Hinter Colmar ging die Sonne unter. Gleich wurde der Badische Belchen schwarz wie der Teufel – und recht bedrohlich mit seinem Stiernacken.

Als wir bei Breisach über die Schiffsbrücke fuhren, stürzte der Rhein mit einem Riesenmondlächeln auf uns zu.

Das Lächeln fand selbst in der Unmenge von Strudeln nicht Platz genug. Es bedeckte die Ufer und kletterte bis in die Spitzen der Pappeln.

Da stand ich im Wagen auf und bot dem Rheinlächeln alles, was hell an mir war, zum Nisten an und versprach, die Brut getreulich zu hüten.

Des Doktors Advent

1.

Wenn es am 21. oder 22. Dezember Mitternacht schlägt, tritt unser Freund, der Doktor Savarin, an einen gotischen Kirchenleuchter, der in der Ecke seines Zimmers steht, und entzündet eine dicke, gelbe Kerze. Darauf löscht er das elektrische Licht und feiert gleichzeitig Weihnachten und Advent.

Für ihn beginnt die Adventszeit gerade im Augenblick, wo sie für die übrige Welt zu Ende ist – nämlich wenn die Sonne ihren tiefsten Stand erreicht hat und, nach dem Kalender, der Winter beginnt. Mit andern Worten: nach der Meinung des Doktors leuchtet Weihnachten dem Frühling auf den Weg, von Weihnachten an herrscht die große Erwartung des Tages, da auf einmal der Föhn die kahlen Wälder schüttelt, daß die Erde selbst zu tanzen scheint, tausend kleine Bäche mit dem Ungestüm froher Botschaft den Berg hinabbrennen und im Schnee die Frühlingsblumen auftauchen: Anemonen, Veilchen, Primeln, Lungenkraut. Dieser Tag kann sehr bald kommen, Ende Januar schon, sicher aber im Februar, und wenn dann auch der Winter Rache nimmt und die erlöste Erde nochmals vergewaltigt, so ist es dennoch schon Frühling gewesen und wird es bald wieder.

In solchen Jahren, wo der Frühling öfter vom zurückschlagenden Winter übermannt wird und er sich seinen Weg gewissermaßen sprunghaft erkämpfen muß, in solchen Jahren erkennt der Doktor und preist die Kraft und Zuversicht des Knaben, seine verwegene Tollheit, die übrigens gar nicht so verwegen ist, wie es den Anschein hat, da sie auf der größten Gewißheit der Erde, dem Bündnis mit der Sonne, beruht. Immer höher steigt die Sonne, der Frühling springt ihr nur nach! Aber daß er es wie ein Verliebter tut, davon wird die Erde schallend vor Heiterkeit und Wagemut.

Vom Augenblick an, da die mächtige gelbe Kerze brennt, lebt der Doktor in seiner Erwartung. Das ist sein Advent, und so erklärt er sich, daß es in seinem Kalender keinen Winter gibt. Die Unruhe aber, die jeden beim Nahen des Weihnachtsfestes befällt, selbst den Widerstrebenden, selbst ihn, den Doktor, dieses durchaus frühlingshafte Kribbeln deutet er als den Vorboten des Heils und seiner blühenden Schauer.

Als Junggeselle verbringt er seit vielen Jahren den Heiligabend in unserer Familie. Er tritt vor den Lichterbaum mit der Überlegenheit eines Hochzeiters, der sich bewußt ist, das Wesentliche bei der Braut in aller Stille bereits vorweggenommen zu haben, also in falscher Bescheidenheit und glühend vor Besitzerfreude.

2.

Was folgt, ist eine Ballade.

Der Riesenmohn hatte im Dezember frisches Laub gezeigt, im Januar prahlte er mit dicken Knospen. Bald darauf verbrannte ihn der Schnee. Den Schnee trank die Erde, gleich trieb die Pflanze unter den schwarzen Blättern wieder aus.

In den Polstern von Sedum, Steinbrech, Sempervivum kam und ging ein farbiges Gewimmel. Die Blätter einer Donnerwurz behielten ihren perlmutternen Schimmer selbst unter dem Schnee. Wenn in den Mittagsstunden der Schnee schmolz, verrichteten sie das Amt von Leuchtbojen für Käfer und Würmer, deren Seefahrt ich, tief in die Knie gekauert, mit Ernst verfolgte.

Es kam eine unruhige Nacht.

Der Föhn blies, und in den Wolken torkelte ein voller Mond, der Hofhund bellte ihn heulend an, bis der Kerl über den Dachfirst verschwand.

Aber noch immer dröhnte der Wald und knirschte, wie wenn verankerte Schiffe sich im Sturm aneinanderreihen.

Am andern Morgen stieß mein erster Blick aus dem Fenster auf Reihen von Maulwurfshügeln, die sich im Schnee hervorhoben. Das waren aber keine Maulwurfshügel, sondern Schollen des umgelegten

Gartens, und daran erkannte ich, daß es taute, bevor noch die Sonne da war.

Und zwar taute es diesmal im großen.

Als Savarin nach Beendigung seiner Morgenbesuche zu mir heraufkam, brannte die Sonne auf dem Hof. Dem angeketteten Hund zerging der Schnee unter den Pfoten. Du lieber Gott, taute am Ende auch der Hund? Der Doktor blieb erschrocken stehn. Das Wasser schien dem Tier die Beine hinabzulaufen, ganze Pfützen hatten sich unter ihm angesammelt. Offenbar teilte der Hund die Befürchtung des Doktors, denn er blickte bekümmert auf den Schneemann beim Brunnen und wieder auf seine Pfoten.

Auf der Straße fuhren Wagen mit Langholz vorbei. Die Enden der geschälten Tannen, die über die Hinterräder hinausragten, schwangen und versendeten Blitze. Zwischen den beschneiten Ästen und ihren kohlschwarzen Stämmen leuchteten silbrig die Mähnen der Pferde.

Vögel jubelten. Tiefer unten, auf der Wiese hinter dem Gartenzaun, traten die Maulwurfshügel ans Licht – diesmal die richtigen, die Plumpuddings, die mit Regenwürmern gespickt sind.

Die Amseln zumal schmetterten vor Appetit.

3.

Der Hund hockte noch immer kläglich auf seinem Platz, niemand nahm ihn von der Kette, er zürnte und flehte. Begreiflich! Sah er sich nicht schon in Schneewasser aufgelöst? Der Schneemann am Brunnen machte es ihm ja vor! Endlich erbarmte ich mich.

Kaum losgelassen, brachte der Hund sich in Sicherheit, indem er in den nächsten Schatten sauste, und er wagte sich erst wieder hervor, als er seiner Haltbarkeit halbwegs gewiß war. Zur Probe setzte er zweimal über den Zaun. Nachdem er zweimal unbeschädigt gelandet war, hoppelte er zufrieden auf die Terrasse, von wo er sein Echo anbellte – den einzigen Feind, der sich im Augenblick auftreiben ließ.

Das Echo klang märchenhaft rein. Es war der Geist eines Hundes, der Antwort gab.

Der Dauersieg ermüdete ihn, und er streckte sich zum Schlafen aus.

Indessen hockte, wie Savarin weiter bemerkte, die Katze auf einem Querbalken der Weinlaube und putzte sich vor dem Spiegel eines Himmels, in dessen Bläue das Licht wie eine Schicht Quecksilber durchschlug … Der Doktor dachte an einen Tag am Mittelmeer. Es war lange her … Er stand hinter einer Frau. Die Frau war jung, hellblond. Sie saß am Toilettentisch und machte sich schön. Durch die offenen Fenster strömte das Licht von Meer und Himmel, und der Doktor entsann sich genau des Gefühls, das ihm in köstlicher Weise die Brust eingeschnürt hatte, des Gefühls, als wäre das Zimmer ein großer Fahrstuhl, der lautlos in die Höhe glitt. Sie hieß Pauline.

4.

Savarin schüttelte ein wenig den Kopf, und wir brachen zu unserm gewohnten Spaziergang auf, nur vergaßen wir diesmal, den Hund mitzunehmen. Der Wald rauschte von all dem Wasser, das den Berg hinabstürzte. Aus dem Laub des vorigen Jahres stießen Anemonen, jeder vom Schnee befreite Ast trug einen Vogel aus Licht, der sich im leichten Winde wiegte. Alles war heutig, schön und frisch. Noch einmal begann das Leben von neuem.

Wir verließen den Pfad und stiegen steil den Berg hinauf. Wir gingen immer schneller, als gelte es eine Eroberung. Savarin zog Rock und Weste aus und schließlich auch das Hemd. Er schwitzte in Strömen, schwitzte, wie er es nannte, seinen alten Adam aus, gewaltig, und stöhnte vor grimmer Lust.

Als wir zurückkamen, schlug es unten in Badenweiler zwölf – dumpf, als schlüge es in der Erde.

Der Hund war weg. Wahrscheinlich hatte er seinen Herrn gesucht und nicht gefunden.

Die Katze aber war da. Sie saß noch immer wie vor dem Spiegel und putzte sich. Bei ihrem Anblick empfand der Doktor nicht nur jene Wehmut, die eine unvermeidliche Begleiterscheinung des Frühlings ist, sondern einen rechten Verdruß an der Welt. Sie kam zu leicht vom Geliebtesten los, die Welt, von der Weisheit des vorigen Jahres und dem Überschwang des folgenden und erst recht vom Leid des nächsten, aber niemals, niemals vom Spiegel, den sogar der Himmel dieser unglückseligen Welt vorhielt!

Eine Weile stand er in ratloser Verfinsterung wie ein Junge, den man infolge eines Mißverständnisses von der Schule gejagt hat ... Und er haßte die Katze, die auf dem Weingang saß und so anmutig und schuldlos ihre Pfoten gebrauchte. Er haßte sie, wünschte, sie fiele, von einem Blitz aus dem heitersten Himmel getroffen, tot vom Stuhl und läge da, verbraucht und nutzloser als das Laub vom vorigen Jahr.

Bald aber schüttelte er ein wenig den Kopf, bloß ein wenig, genau wie er es vorhin getan hatte, pflückte einige Krokusse, ging nach Hause und legte die Blumen, die er jetzt heimlich für sich »tote Kolibris« nannte, als ein Dankopfer auf die Schale seines Adventleuchters.

»Zeit zum Reisen«

Am Nachmittag kommen die ersten Wanderburschen.

Während der Schneezeit waren sie wie begraben. Nicht ein einziges Mal ging die Gartentür auf, um eine dieser entschlossenen Gestalten durchzulassen, wie sie jetzt mit Knüppel und forschendem Blick auf das Haus losgehn.

»Wo waren Sie denn während des Schnees?« fragte ich den ersten. Es ist ein zwanzigjähriger Bursche mit leuchtend blauen Augen.

»Ha, da haben wir halt bei die Bauern Holz gehackt.«

Glänzend! Auch hier gibt es Holz zu hacken, Leimringe an die Obstbäume zu legen und sonst allerhand Arbeit. Aber der Junge verzieht das Gesicht, sein Blick schweift in die Weite, blau durch die blaue Weite, bis zu den blauen Vogesen … Die Sonne wärmt, die Vögel singen Sieg – überwunden die Zeit, wo das Futter unerreichbar unter dem Schnee lag und die Maden sich vor der Kälte verkrochen! Auf den Straßen knallen die Peitschen der Fuhrleute, am Gartenzaun steht der Hund auf den Hinterpfoten und bellt ein Eichhörnchen an, das ihm vom Ast einer Lärche in den Rachen hineinsieht. Dabei verzieht es die Oberlippe, als ob es grinste …

»Nee«, sagt der Bursche, »nee, lieber Herr. Jetzt ist die Zeit zum Reisen. Ich bin ein Durchreisender, verstehn Se?«

Ein Durchreisender folgt dem andern. Tag um Tag, und wenn der Hund unbeaufsichtigt herumläuft, bleiben sie am Gartenzaun stehn und warten, bis sich jemand im Hofe zeigt.

Sie wandern!

Als ich endlich einen erwische, der arbeiten will, ist es ein alter Mann. Er kommt mit den Jungen nicht mit, sie betteln ihm alles vor der Nase weg, sie betteln die Welt leer und lachen ihn aus.

Da fasse ich einen Beschluß. Die Jungen bekommen zu essen und, wenn sie wollen, ein Buch. Geld gibt es nur für die Alten.

Eine großartige Entdeckung

Irre ich mich? Haben die Bleistiftzeichen auf der Außenseite des Gartentors, diesem amtlichen und geheimen Verkündigungsorgan der Tippler, sich verändert? Die Zahl der Durchreisenden nimmt zu, doch dies ist es nicht, was mich veranlaßt, an den Zeichen draußen am Tor herumzurätseln.

Sobald man ihnen entgegentritt, fragen nämlich die Burschen seit einiger Zeit nach einem Buch. Sie wollen kein Geld, erklären sie stolz, sie wollen einen Teller Suppe und ein Buch.

Es kommt sogar vor, daß sie nach der Suppe, wenn sie ein wenig im Buch geblättert haben, plötzlich fragen, ob es vielleicht nicht auch zu arbeiten gäbe hier oben. Die Lage, die Aussicht gefällt ihnen, und im Verlauf des Gesprächs erzählen sie dies und jenes.

Die jüngeren nennen sich mit Vorliebe Kommunisten, obwohl sie bei näherer Prüfung nicht viel vom Kommunismus wissen. Aber es klingt gefährlich, und das gefällt ihnen. Wenn ich sie recht verstehe, hoffen sie unterwegs auf die Revolution zu stoßen. Andre schimpfen elegisch auf die Republik: »Früher – ja früher«, sagen sie. Die meisten aber »machen sich« nichts aus der Politik«. Sie haben genug davon, erklären sie. Es schaut nichts dabei heraus, sagen sie.

Und dann gibt es noch die Alten, die suchen einfach »ein Bett und eine gute Frau«. Dafür also laufen sie die Länder ab, für ein Bett und eine gute Frau … Die heldenmütigsten Ritter suchten nichts andres, wenn auch in der umgekehrten Reihenfolge.

Bevor sie weitergehn, stellen sie sich einen Schritt vor dem Hund auf und sprechen freundlich zu ihm.

Manche tragen das Buch in der Hand fort. Es ist aber auch ganz etwas Neues, mit so einem Buch in die Dörfer einzumarschieren. Der Pfarrer, der Lehrer steckt den Kopf durch die Tür oder sonst einer, der in einem geräumigen Hause wohnt und ein gebildeter Mensch ist, und da steht wahrhaftigen Gottes ein Handwerksbursche – mit einem Buch in der Hand!

»Mit dem Buch in der Hand – kommst du durch das ganze Land«, verkündet einer und kneift listig das Auge zu.

Und dann kann man ja das Buch in den Rucksack stecken und durch die Wälder laufen, denke ich mir ... Holz zum Feuern gibt es genug und an jeder Ecke eine Schutzhütte, die monatelang leer steht und die ein junger, kräftiger Bursche leicht bezwingt, ohne geradezu brutal zu werden ...

Komischerweise sind wir in den Wäldern noch nie einem Wanderburschen begegnet.

Sie gehn nicht einmal Feldwege.

Sie halten sich ängstlich auf der Landstraße, als wimmle es rechts und links von Giftschlangen und reißenden Tieren.

Die größte Kraft

Ein Wanderbursche, ein stellungsloser Gärtner, blieb beim Doktor liegen und kam ins Sterben.

Er litt sehr und war bei vollem Bewußtsein.

Savarin gab ihm eine Spritze und sprach zu ihm:

»Geduld, lieber Freund! Jede Pflanze, die ich kommen sehe, sagt mir: keine größere Kraft als Geduld. Sie zu lernen, pflanze ich jedes Jahr die Frucht eines Baumes.«

Der junge Mann nickte dankbar. Dabei stand ihm der Angstschweiß auf der Stirn.

Am Morgen war er tot. Die aufgehende Sonne beschien sein Gesicht. Und jetzt freilich drückte es eine so erhabene Geduld aus, daß der Doktor lange darüber gebeugt blieb, um die letzte Schönheit des Menschen aus dem Strom des Lebens zu fischen und das Bild in sich zu verwahren.

Nie, sagte er, habe er einen schöneren Menschen gesehn.

Im Augenblick, da er der Auflösung anheimfiel, bot der Junge das Bild der höchsten Tapferkeit: unerbittlich entschlossen, fast herrisch bei aller wissenden Milde, unverletzlich, unerreichbar – alles war ausgekämpft und ein unverlierbarer Sieg errungen.

Und Savarin begriff, warum die Alten meinten, Menschen wie dieser würden unter die Götter versetzt.

Ich höre das Gras wachsen

Wie Anno 1931 der Frühling ankam!

Er kam sehr spät, aber dann in einer Sturzsee von Grün. Als die Überschwemmung mit Frühling die Vorberge erreicht hatte und die Flut stillstand, blies noch einmal der Föhn darüber, und die Weite glänzte vom Gischt eines bewegten Meeres.

Das waren die Obstbäume, die dieses Jahr alle auf einmal blühten.

Freilich hatten die Kirschen einen kleinen Vorsprung, aber die andern holten ihn so schnell ein, daß man es kaum merkte.

Eines Morgens lag dichter Nebel über der Ebene. Da begannen die Glocken zu läuten, und ich sah eine Ortschaft nach der andern aus den Fluten tauchen, sie blitzten mit ihren Fenstern und Dächern, und als die Glocken ausgeläutet hatten, herrschte eine Stille, als ob das Land den Atem anhielt in übergroßer Beglückung. Zum erstenmal besaß die Sonne die Erde. Ein Hahn krähte ängstlich. Der Amsel blieb das Lied in der Kehle stecken.

Am Mittag desselben Tages standen alle Bäume zwischen Schwarzwald und Vogesen auf ihrem trächtigen Sommerschatten.

Es regnete. Ich lehnte am Stamm eines blühenden Apfelbaumes und glaubte zu sehn, wie das Gras in die Höhe schoß. Warum auch nicht? Alles in der Natur wächst ruckweise. Jedenfalls *hörte* ich es wachsen.

Unterm Regen sirrte und knisterte es – die zarten Halme bogen sich unter den Wassertropfen und schnellten in die Höhe, sobald der Tropfen abfiel, und dabei rieb sich einer am andern.

Bald darauf schien die Sonne und ein Wind stellte sich ein, der machte den Gräsern Bewegung, damit sie besser wüchsen, und brachte nebenbei das Rosa im Weiß der Apfelblüten zum Schäumen.

Allmählich vernahm ich, wie auch das Trocknen der Gräser an der Sonne einen Laut gab. Es war das zarteste Geräusch, das es gibt – das Flüstern einer Haut, die sich zusammenzieht.

Die ersten Blüten

Krokusse

Endlich! Die ersten lustigen Gedanken im Jahr.

Himmelsschlüssel

Betrachte die Blüte, und es wird dir klar, daß man im Himmel voller Argwohn gegen die irdischen Dietriche ist. Denn, nach dem umständlich gearbeiteten Schlüssel zu urteilen, muß die Tür des Himmels mit dem allermodernsten Sicherheitsschloß der Firma Brown and Sons verwahrt sein.

Was nutzt es, wenn jedermann sich nur zu bücken braucht, um den Tresorschlüssel in der Hand zu halten?

Vielleicht täuscht der Schein, und es gibt unter hunderttausend kaum einen, der wirklich paßt. Die vielen Nachahmungen dienen nur zum Schutz der wenigen echten.

Echt oder falsch, sie duften nach dem Atem der Engel.

Daphne mezereum (Seidelbast)

Eine kleine alte Jungfer ist das, der von allen Sträuchern der Frühling zuerst in die Glieder fährt.

Es duftet aus dem Halbschatten, als wäre sie, wie eine Henne von ihren Eiern, gerade von ihrem Wohlgeruch aufgestanden, den sie den Winter über ausgebrütet.

Auf unserem Schulhof roch es ähnlich, wenn die Kapelle nach dem Gottesdienst gelüftet wurde.

Besonders kurz vor Ostern. Da blühte noch kein Baum im Hof, und die »Internen« hatten monatelang keinen andern Duft eingeatmet als Weihrauch. Die Luft schwirrte von Vögeln und Frühling.

Über den Hof kam der Ordinarius, ein Gelehrter und Weltmann. Unbekümmert um die spähenden Köpfe hinter den Fenstern des

Klassenzimmers schnupperte er in der Luft – nicht in der Richtung der Kapelle, sondern über sich zu den knospenden Bäumen. Im Weitergehen machte er ehrfürchtig einen Bogen um eine Gruppe balgender Spatzen.

Der Witzbold der Klasse rief: »Kuckuck! Kuckuck!« Der Lehrer verzog keine Miene.

Als er eintrat, sagte er: »Der Kuckuck ruft nicht ›Kuckuck‹ sondern ›Ug-ug‹, wobei Sie die erste Silbe betonen müssen.«

Kein Jahr, in dem nicht Schnee fiele auf die erblühte Daphne.

Unter dem Schnee sehen die Blüten aus wie lila Kapotthütchen.

Gespenstischer Rhein

Hier ist er noch der Rhein der Nibelungen, düster selbst an Abenden, wo er den ganzen Goldschatz des Sonnenuntergangs in seinen Fluten wälzt.

Er strömt in großartiger Einsamkeit – Vergnügungsdampfer mit Wimpeln und Musik wären hier fehl am Ort. Dem fröhlichen Zecher bliebe der Rheinjodler in der Kehle stecken.

Seine Ufer sind Gefängnismauern. Dahinein hat man seinen Lauf gezwängt, aber jenseits der Mauern dehnen sich die Dschungeln der Altwasser, wahre Urwälder, und trotz aller Zuchthausvorrichtungen traut man ihm so wenig, daß drinnen im Land auch noch Wälle gegen ihn errichtet sind.

Einsam, in sich verschlossen, stehn die Pappeln.

Hinter dem Laub einer von ihnen schmachtet, an den Stamm gefesselt, ein heiliger Sebastian, nach dem das Zwergvolk der Dschungeln, zur Zeit, als die Bäume noch nackt waren, mit Pfeilen schoß. (Savarin vermutet in diesem Volk Nachkommen jenes Teiles der Nibelungen, der sich gegen die Taufe sperrte.)

Jetzt wird der Heilige von den Krähen ernährt, die dicht über seinem Haupt nisten. Er bekommt gerade so viel zu essen, daß er noch am Leben ist, wenn er im Herbst wieder als Zielscheibe gebraucht wird. Denn Krähen und Heiden bilden natürlich *ein* Volk.

Im Wind wedelt und flirrt das Laub, die Pappeln sind von oben bis unten mit Glanzlichtern übersät, und all das tanzt mit heuchlerischem Eifer und blendet die Augen. Sonne und Wind tragen dazu bei, den Skandal zu verschleiern.

Von Basel herab zieht ein Gewitter.

Langsam verliert der Julihimmel seinen Glanz. Er wird wie dünne Milch, und die Erde bekommt ein gespenstisches Aussehn, obwohl die Wolken noch weit entfernt sind und die Sonne klar am Himmel steht …

Dann wird es dunkel.

Die Pappeln erblinden und sammeln ihre finstern Gedanken. Den Strom weit hinauf und hinunter, gerade ausgerichtet auf beiden Ufern, ragen sie in die Verfinsterung des Tages.

Und plötzlich, plötzlich beugen sie in Ehrfurcht tief den Rücken! Es geschieht so schnell, daß es aussieht, als täten sie es alle zugleich.

Und ein Gott fährt vorbei.

Der Donner kracht …

War das nicht der Strom, der auflachte?

Ein gewalttätiger Frohsinn breitet sich über die Fluten, sie stürmen los und spritzen ihren Gischt gegen die Mauern.

Ein Fest ist dieses Unwetter, ein großes Fest, ein Fest der Befreiung. Wir fühlen das Zwergvolk der Dschungeln unsichtbar um uns versammelt. Grinsend schaut es zu, und wenn der Donner rollt, lacht es mit.

Eine Kind, ein Mädchen in rotem Kattunkleid unter einem roten Sonnenschirm, trippelt über die Schiffsbrücke. Sie ersäuft fast im Regen, die Brücke wogt wie eine Bretterschaukel. In der Mitte der Brücke wird der Schirm ihr nach hartem Kampf, bei dem das kleine Geschöpf paarmal wegzufliegen droht, aus den Händen gerissen. Sie blickt ihm nach, wie er mit paar Luftsprüngen in den Rhein fällt und gleich darauf untergeht.

Da geschieht etwas Überraschendes. Vorsichtig tritt das Mädchen an das Geländer und spuckt in das reißende Wasser. Und läuft davon, dem deutschen Ufer zu.

Wir packen es in das Auto des Doktors und fahren es nach Hause.

Gang durch den Garten

Fliegendes Herz

Fliegt es wirklich?

Bestenfalls nur bis zur Spitze des Stengels …

Nein, es fliegt eben nicht. Es klettert wie ein Äffchen den Stiel hinauf, und wenn es sich so weit vorgewagt hat, daß der Stiel sich biegt und zu brechen droht, dann hält es still und läßt sich allenfalls vom Winde schaukeln.

Jedoch, auf dem Wege da hinauf hat es so viel Junge gemacht wie Turngriffe. Die schaukeln nun alle mit. Zwanzig, dreißig an einem Stiel, paar hundert im Busch.

Lachend gehe ich weiter.

Steinbrech

Hier aber, vor der winzigen Pflanze, erbost sich der Doktor! Mitesser an einem letzten Krümchen Erde, das sich in einer Felsspalte behauptet, nennen sich Überwinder, Brecher des Gesteins?

Sie blühen auf dem letzten Loch! Das ist die Wahrheit …

»Höhensonne!« zischt höhnisch der Doktor. »Jawohl – in Berlin auf dem Kanapee.« Er wird wild, fährt mich an: »Wünschen Sie einen braunen Teint? So verwenden Sie gefälligst ›Creme Alpenveilchen‹. Skiere daheim! Kniehose, gelbe, rote, blaue Wolle, die knallt, und der Christianiaschwung, alles zusammen Mark 7,99. Zanders Kamel-Reit-Apparat! Massiert den Bauch weg, stärkt die Lenden, schützt vor Seekrankheit. Und außerdem reiten Sie tatsächlich wie auf einem Kamel durch die Wüste … Unser kleines transportables ›Splendid Kino‹ versetzt sie in fernste Schicksale und Länder. Sie stehlen, ohne mit dem Strafrecht in Konflikt zu geraten, Sie ehebrechen in den Armen Ihrer Gattin, Sie lustmorden Ihr Dienstmädchen, ohne daß es ›Au‹ sagt, Sie werden in einer Viertelstunde Dollarmillionär, Ihr Schreibmaschinenfräulein macht Sie zum Vater eines Großfürsten,

Sie sterben mit den Augen der Eleonora Duse oder, nach Wahl, in den Schlüpfern der Asta Nielsen ... Eine schlanke Erscheinung gewährleistet den Erfolg!! Verlangen Sie den Rückenhalter ›Siegfried‹ ... Wer wird denn noch den Frauen nachlaufen, wenn er unser Elektrogrammophon mit den neuesten Tanzplatten im Schlafzimmer hat! Sparsamer Verbrauch, keine Enttäuschung ... Jeder sein eigenes Genie!!! Postkarte mit Rückantwort genügt.«

Der Doktor wischt sich den Schweiß von der Stirn:

»Armer Steinbrech! Mit seinem Namen haben sie ihn in die Gesellschaft von Schwindlern und Schaumschlägern gebracht.«

»Was kümmert's ihn!« stelle ich nach einer Weile dem Doktor vor. »Er dient den Eidechsen als Gebetsteppich, wenn sie stundenlang den Kopf (manchmal ein wenig schief vor Andacht) in die Sonne strecken.«

Leider hat auch der Steinbrech seine Motten, nämlich die Ameisen. Die können ihn halb kahl fressen. Gewöhnlich bessert er den Schaden während des Winters aus und ist im Frühling wie neu.

Während der Liebeszeit der Eidechsen sprießen aus dem Teppich tausend Blumen. Natürlich in abgestimmten Farben: weiß, rosa, rot, je nachdem, welche von ihnen das Eidechsenweibchen am besten kleidet.

Hängende Forsythie

Der Gartenpolyp.

Er steht aufgerichtet auf dem Schwanz und streckt runde Fänge aus. Die Saugnäpfchen blühen gelb und sitzen dicht beieinander.

Keine Angst! Er greift nur in den Wind.

Er ist gezähmt. So sehr, daß die mörderischen Saugnäpfchen sich zur Futterkrippe für die Bienen hergeben.

Der Kuckuck

Welch eine Reklame für Schwarzwälder Kuckucksuhren – wenn man bedenkt: das Original kommt fast auf dem ganzen Erdball vor, und überall ruft es die treffliche Marke aus! Keine Fabrik könnte das bezahlen.

Hörst du ihn zum erstenmal, freut sich das Kind in dir. Eine Tür wird aufgerissen, er meldet den Frühling an wie ein in Brauch geritener Diener einen Besuch.

»Kuckuck« heißt in der Weltsprache »Frühling«.

Der ganze Wald wird zu seinem Echo. Er probiert es von allen Seiten aus.

Was ist ein Specht gegen ihn! Der Specht trommelt auf einem einzigen Baum. Und dazu noch so hastig, so gierig, man hört ordentlich, wie er Hunger hat … Der Kuckuck paukt auf dem Frühlingstag selbst. Feierlich wie ein Priester, der den Tempelgong schlägt.

Hinter der zeremoniellen Haltung versteckt sich freilich der gefräßigste aller Vögel.

Man sagt, wer Geld in der Tasche habe, wenn er ihn höre, der werde reich. In diesem Fall wären wir längst Millionäre.

Weil auch die richtigen Vögel singen und der Wind über die Bäume streicht und die Blumen in den Wiesen tanzen, während er die zwei, drei Töne ausstößt, die klingen, als schlage das hohlste Geschöpf der Welt sich an die Brust – hält er sich für den Star im Tonfilm des Frühlings und bleibt unsichtbar vor dem Volk. Er meint, sein Gesang genüge, um ihn unwiderstehlich zu machen.

Jeder Kuckuck hat sein Reich, über das er selbstherrlich gebietet – solange nichts los ist.

Er mag den ganzen Tag sein Reich mit majestätischen Paukenschlägen beherrscht und gegen jeden Eindringling behauptet haben, sobald das Weibchen seinem Lockruf folgt und in seinem Revier einkehrt, ist es aus mit der Majestät. Alle Ordnung bricht zusammen, sogar die Eifersucht.

Auf das aufreizende Kichern »Higigigik« des Weibchens verlieren die Selbstherrscher der benachbarten Königreiche Kopf und Krone und stürzen in selbstvergessener Wildheit herbei. Und der Arme, kaum beglückt, muß zusehen, wie sie sich einem nach dem andern hingibt – wenn ihm nicht gar der Nebenbuhler zuvorkommt und er, der sie angelockt hat und beinahe schon besaß, um einen Platz und noch einen und noch um einen zurückmuß.

Angesichts des Weibchens bekämpfen sie sich nicht, aus Angst, es könnte die Verwirrung nützen und ihnen entwischen. Und aus der gleichen Berechnung stören sie einander auch nicht auf dem Höhepunkte der Bemühung.

Wo sollte unter diesen Umständen das Kuckucksweibchen die Zeit hernehmen, ihre Eier selbst auszubrüten? Auf ein Weibchen kommen zwei und drei Männchen. Das Weibchen hat also gut kichern, wenn der Wald von den rasenden, gar nicht mehr majestätischen Paukenschlägen seiner Buhlen widerhallt!

Sie fliegt wie der Teufel, nachdem sie sich dem Männchen gezeigt hat, und je mehr Freier hinter ihr her sind, desto akrobatischer turnt sie zwischen den Wipfeln und im Geäst. Wer sie erreicht, darf Hochzeit machen, sie leistet nicht einmal jenen Widerstand, der eine Form der Gefallsucht ist.

Manchmal werden die Hochzeitsflüge von einer Schar plänkelnder und fest zubeißender Singvögel begleitet ... Kein Wunder, sie wissen, was ihnen bevorsteht! Sie sind um so erboster, als sie es meistenteils nicht hindern können. Sie, sie allein, werden die Eier ausbrüten und die Jungen dieser Strolche großziehen. Und was für Junge! Häßliche, krötenähnliche Tiere mit dem nichtswürdigsten Charakter, der sie befähigt, die Jungen der Zieheltern aus dem Nest hinauszuwerfen und dem Hungertod zu überliefern. Denn ein junger Kuckuck frißt für sich allein mehr als zehn Familien von Singvögeln. Die Zieheltern werden die eigene Brut verderben lassen und Zwangsarbeit verrichten, um den unablässig sich beschwerenden Kuckuck zu füttern, und ihm dann, wenn er flügge geworden ist, lange nachlaufen – traurig, daß ihr Stiefkind nach Ausrottung des legitimen Nachwuchses schließlich auch sie durch Nichtachtung gewissermaßen aus der Welt schafft.

Es gibt faule und phantasielose Weibchen. Sie nehmen sich nicht einmal die Mühe, zu tanzen und ihre Liebhaber zu prüfen und sich an deren Feuer zu entzünden. Vielmehr setzen sie sich einfach hin, kichern das Allernötigste und empfangen die Herrenbesuche, wie sie kommen.

Auf seine Art ist das Kuckucksweibchen treu. Es stellt sich jedes Jahr mit dem gleichen Männchen ein. Der Doktor, von mir befragt, meinte: »Vielleicht leiden Männchen wie Weibchen an einer Bewußtseinsspaltung während der Liebeszeit.«
Und er lachte und zuckte die Achseln wie ein Käuzchen.

Wir dürfen noch von Glück reden! Der Waldrand und der Garten sind von wehrhaften Singvögeln dicht bevölkert. Der Kuckuck läßt sich nur selten hier nieder und muß dann bald der Übermacht der Spechte, Häher und Drosseln weichen. Diese Bürgerwehr verfügt über spitze Schnäbel und treibt die Selbstverteidigung bis zum äußersten. Unser Waldrand bildet die noch nicht unterworfene Ecke des Reiches.

Deshalb finden sich hier auch niemals Kuckuckseier in den Nestern. Die Kuckucke legen ihre Eier mit Vorliebe in Familien ab, in denen sie selbst groß geworden sind und wo die Eier den ihren so gleichen, daß die Zieheltern keinen Unterschied merken. Solange es also einem Kuckucksweibchen nicht gelingt, sich hier bei Nacht und Nebel zum Legen einzuschmuggeln, bleibt der Waldrand sauber. Glückt es freilich ein einziges Mal, wird nichts mehr die Invasion aufhalten.

Vorläufig residieren die Souveräne mit ihren lockeren Gemahlinnen mehr im Westen. Da es aber der Westwind ist, der Regen bringt, und die Kuckucke gerade vor dem Regen in tolle Betriebsamkeit verfallen, hören wir sie noch immer mehr als genug.

Zuletzt wird es einem nämlich zuviel, und man stellt fest:
»Der Kuckuck blökt sonor. Er ist ein Schaf auf der Seelenwanderung.«

Ein Datum

Aus den Bauerngärten hatte der Krieg keine einzige Blume verdrängt. Im Gegenteil, damals erfuhren die Blumen auf dem Land erhöhte Liebe. Man sammelte ihren Samen oder vermehrte sie durch Stecklinge und Ableger.

Statt viel Worte über das Heldentum der Gefallenen zu machen, pflanzten die Frauen Blumen auf die Gräber, die ärmsten wenigstens *eine* für jede Jahreszeit: Primel, Lilie, Aster, Christrose.

Wie aber verrieten die Schrebergärten der Städte das Elend der Zeit! Jahrelang nach dem Krieg wiesen die meisten Parzellen nicht eine einzige Blume auf, in zehn von hundert stand eine Sonnenblume, die sich selbst ausgesät hatte, ganz selten eine Dahlie oder eine Staudenaster.

Plötzlich, im Frühling 1925, kam Leben in die Schrebergärten.

Damals fuhr ich quer durch Deutschland. Am Eingang aller Städte winkten die kleinen Gärten mit Akelei und Fliegendem Herz und Lupinen. Als ich zurückfuhr, grüßten Rittersporn und Eisenhut, Phlox und Monatsrosen, und das Letzte, was ich von den krätzigen, abbröckelnden Städten sah, war die Farbenparade der neuen Zuversicht in all den kleinen Gärten, die aufs Land hinausliefen.

Erst viel später folgte das Ausbessern und Anstreichen der Häuser. Die Häuser gehören nicht den Armen.

Wurm, Stern und Bäume

Der Ohrwurm

Der Weltmeister in Schwerathletik. Er stemmt das Fünfhundertdrei-
ßigfache seines Gewichts.

Merkur

Er wendet der Sonne stets die gleiche Seite zu … Was Wunder, wenn
Liebende einander nie recht kennenlernen. Sie halten es wie Merkur.

Der Nußbaum

Ein Gewölbe von Bronzeblättern – manche haben sogar schon Patina
angesetzt. (Vom vielen Regen in diesem Jahr.) In zeremoniösem Abstand umwandelt ihn die Sonne.

Junge Esche

Zwischen den Tannen steigt sie auf wie ein Wasserstrahl, hell, hell –
ihr Wipfel versprüht im Himmel.

Die Eiche

Heraldisch gewordener Kummer. Bauchgrimmen des Waldes. Rü-
bezahl. Ein Wurzelriese, der vertrackteste Baum. Im Alter, wenn die
Stürme ihm bloß noch ein paar Äste gelassen haben, ist er fast schon
versteinert … Tatsächlich verwechseln ihn die Eulen mit einem alten
Turm und nisten in ihm.

Aber im engen Wald stehn welche, die gleichen aufgeschossenen
Schirmzypressen. Nur sind sie blond.

Linden

sind eine Schnapsbrennerei.

Tagsüber brennt die Sonne darin einen Duft, der nachts ein ganzes Land in Trunkenheit versetzt.

Lilienwiese und Kaiserstuhl

Ich will so genau sein, daß jeder den Weg findet.

Man steigt die kleine Paßhöhe jenseits Badenweilers, »die Schwärze« genannt, hinauf, schlägt, oben angelangt, den Waldweg zur Rechten ein und geht darauf weiter, bis links ein Pfad abzweigt, der einen bald an den Waldrand führt.

Hier stehn die Wiesen im Juni voller Türkenbundlilien.

Es gibt sogar eine Bank. Freilich habe ich da nie jemand sitzen sehn. Es ist eine jener komfortabel eingerichteten Einsiedeleien, wie es sie hier überall gibt, die jahrzehntelang von einigen wenigen als Geheimnis gehütet werden. Denn der Kurpark wirkt wie Fliegenpapier, alle bleiben sie dort hängen, und wer weiterwill, der geht die eingelaufenen Wege oder nimmt ein Auto. Deshalb fürchte ich auch nicht, daß meine Wegbezeichnung der Türkenbundwiese abträglich wird.

Einmal bin ich doch jemand begegnet. Es war zur Zeit, da man auf allen Wegen abwechselnd mit »Heil Hitler!« und »Heil Moskau!« begrüßt wurde.

Da sah ich, wie eine junge Frau in weißem Kleid sich vom Waldrand löste und im hohen Gras eine Lilie brach. Als sie sich aufrichtete, erblickte sie mich. Sie legte den Finger auf die Lippen und ging, die Lilie in der ein wenig vorgestreckten Hand, langsam den Hang hinunter – dem rebenumkränzten Dorfe zu, das sich mit seinem Abendläuten und dem sanften Rauch der Kamine auf das Geheimnis der Verkündigung vorbereitete …

Ich wunderte mich nicht. Ich fand es ganz natürlich, daß der Engel der Verkündigung sich auf dieser Wiese versorgte.

Vom Waldrand bei der Türkenbundwiese schaut man in die Ebene hinein. Zwischen den Reben, in den Feldern ahnt man schlafende Wesen, die einträchtig mit Himmel und Erde atmen.

Mittendrin erhebt sich der Kaiserstuhl, fein eingenebelt in Sonnendunst, und führt Geheimgespräche einerseits mit dem Schwarzwald, andrerseits mit den Vogesen.

Ich heiße ihn einen großen, geduldigen Kuppler.

Pfingstrosen

Mit der Zeit sind sie eine feine Familie geworden. Nur in auserlesenen Kreisen bekannt und nicht zuletzt wegen dieser Abgeschlossenheit hochgehalten.

Ich habe sie im Garten abseits zu einem Familientag zusammengesetzt. Der Familientag findet um Pfingsten herum statt. Jedes Mitglied kommt einzeln.

Ob sie männliche oder weibliche Namen führen, alle sind Frauen.

Wenn sie endlich versammelt sind, benimmt sich jede, als säße sie ganz allein und lege vor Gott und ihrem Gewissen eine Prüfung in Eleganz und seelenvollem Ausdruck ab.

Möglich, daß Gott und Gewissen nur andre Namen sind für einen Spiegel, den das Menschenauge ebensowenig sieht.

Fast alle sind zart und nachlässig und duften von Liebesbereitschaft. Sie haben eine schwache Gesundheit oder täuschen sie vor.

Manche scheinen so hinfällig, daß sie schier vergehn im Augenblick, wo sie erblühn. Auf ihrer weißen Brust erscheinen dann Blutflecken in Form von züngelnden Flammen.

Einige tragen wie echte Adelige den Namen von Ortschaften und Provinzen (Triomphe de Lille, Straßburg, Gloire de Lorraine, Königswinter, Duchesse de Nemours), die Feinsten werden mit »Durchlaucht« und »Hoheit« angeredet.

Da ich die Namen, wie sie im Gotha der Gärtner stehn, leicht vergesse, habe ich die meisten umgetauft. Diese Namen behalte ich, denn für mich hießen sie schon immer so: »Lendemain«, »Mondschein«, »Entzückende Migräne«, »Morgenröte«, »Die Braut« …

»Die Braut« blüht wie eine gefüllte Alabasterschale.

Die Blätter, die die Schale bilden, sind fest, ebenmäßig gerundet und glänzen von einem seidigen Firnis. Die Fülle der inneren Blätter erreicht nicht ganz den Rand der äußeren, so daß sich die Blume wirklich in ihrer eigenen Schale darbietet ... Im Innern stehn die Blätter dicht gedrängt und gekräuselt – erstarrt in einem Schauer ...

»Die Braut« schimmert wie Elfenbein, also je nach der Beleuchtung blendend weiß oder gelblich. In dem Weiß gibt es winzige Blutspritzer ...

Und wo das bißchen Blut sitzt, halten die Blätter sich scheu zur Seite.

Im übrigen ist sie prall wie sonst keine, hält sich ordentlich und verrät als einzige Gemüt und Sinn für Häuslichkeit.

Die Fachleute und andre Zeremonienmeister des Gartens empfehlen, die zarten Geschöpfe, die nur aus blühender Haut bestehn, in Korsette zu stecken, indem man den Busch mit einem Drahtring versieht. Darauf sind sie verfallen, weil die Häupter jeder Päonienfamilie die Neigung haben, möglichst weit Abstand voneinander zu nehmen. Und da sie ihren Stuhl nicht rücken können, bleibt ihnen nur die Flucht unter den Tisch. So kann es geschehn, daß sie alle miteinander auf dem Boden liegen. Wenn es dann regnet, werden sie schmutzig ...

Das Anlegen eines Korsetts konnte ich ihnen nicht zumuten, ich hätte mich für sie geschämt. Dieses Jahr hat es aber so viel gewindet und geregnet, es ist ihnen so schlecht dabei ergangen, daß ich sie nunmehr mit einer Leibgarde von schmalgebauten, steifen sibirischen Iris umgeben werde.

Diese Hellebardiere mögen die Damen auffangen, wenn sie bei ihrem Familientag in Ohnmacht fallen.

Man sollte die Nachbarschaft der Blumen nicht nur nach ihren Farben bestimmen, sondern mindestens ebenso sehr nach ihrem Duft. Mit der Zeit wird der Geruchsinn des Blumenliebhabers (falls er wirklich ein »Amant«, ein Liebhaber ist) fast stärker als das Gesicht, und dann entsteht ein ganz neuer Garten – einer, den die Nase ordnet.

Der Duft der Federnelken mischt sich wunderbar mit dem der Pfingstrosen, auch Goldregen und Rosen vermählen sich gut mit ihnen. Flieder tut ihnen weh, zumal wenn er im Verblühen ist, die Glyzinie schlägt sie tot, und wenn Taglilien in der Nähe stehn, riecht es ausschließlich nach parfümeriertem Pudel.

Auf die Frage, warum er niemals Pfingstrosen für seine Vasen ins Haus nehme, antwortete ein Gartenfreund: »Unmöglich! Nachts werden sie wild!«
Er sagte es leise, als spräche er von Gespenstern.

Das Wesen der Pfingstrose: Trägheit, aus schwermütigem Leichtsinn geboren ... Im Grund ist sie eine Odaliske, die unsere Zivilisation überzüchtet und verdorben hat.
Sie will nicht tief gepflanzt sein und wartet nach der Pflanzung gern ein Jahr und länger, bis sie blüht.
Die Stammeltern, der Mann (ein richtiger Mann) rot, die Frau (eine richtige Frau) weiß, finden sich in allen Bauerngärten. Sie zeigen die Vorzüge der Sippe, jedoch unverdünnt, unvermischt und so kräftig, daß die Metzger sie gern in ihre Schaufenster stellen.
Der Schweinskopf verträgt sich nicht schlecht mit ihnen, zumal wenn er mit Lorbeerblättern geschmückt ist.

Ich fahre mit dem Doktor über Land

Napoleonsnelken

Das erste, was ihm draußen auffällt, sind die Napoleonsnelken am Wegrand – dicke Blutstropfen.

»In der Nacht«, fährt es ihm durch den Kopf, »hat ein Mensch hier sein Blut vergossen, und die Sonne macht es glühend, um das Verbrechen an den Tag zu bringen.« Und er sieht gerade noch, wie ein Windhauch, ein geringer Aufruhr der Gräser es wieder zudeckt.

Er seufzt und schaltet den dritten Gang ein.

Die Kornblume

Ja, das wird wohl alles sein, was von der blauen Blume der Romantik übrigblieb.

Nach dem letzten Lied des letzten Postillions hat sie sich in das Dickicht des Getreidefeldes verkrochen und ist verkümmert.

Nur die Farbe blieb erhalten. Ihr Blau hat das kalte Feuer eines Edelsteins.

Der Doktor kichert:

»Ärgerlich, daß es die Blume ist, deren Nachahmung der Industrie am besten gelingt!«

Die Wiesen

Die Feldwege verschwinden im Grün, die jungen Hasen gehn darauf spazieren. Aber auch die Landstraße stürzt unter Bäumen und zwischen Wiesen in eine Fülle, die sie und das Auto schier unter sich begräbt. Bei jeder Biegung wird sie von den Wiesen gefressen. Savarin nimmt alle Kurven zu kurz.

Salbei und Skabiose kommen in Massen bis dicht an die Straße. Sie bilden Spalier! Von morgens bis abends ist der Frühling leibhaftig unterwegs – immer muß man bereitstehn. Auf alle Fälle salutiert der Doktor mit dem Signal.

Weiter drinnen breitet der Sauerampfer ein rosa oder rostbraunes Netz über das Gras. Kommt ein Windstoß, fängt es die ganze Wiese ein.

Die Schierlinge zappeln darin wie dicke Fische.

Die erste Rose

Der Sommer öffnet sein Herz.

Margerite

Meine Kusine, Stern der frühesten Jugend!

Wenn sie aus dem »Sacré-cœur« heimkam und dorthin zurückkehrte, durfte ich sie besuchen. Sie saß im Salon, wohlerzogen und charakterfest wie der Kirchenhahn, der immer nach dem Pfarrhaus guckte, ganz gleich, welcher Wind blies ... Von den Sesseln waren nur die beiden, auf denen wir sitzen sollten, von den Überzügen befreit.

Das Lachen Margeritens klang, als habe die von einem alten Wucherer gestiftete Silberglocke der Kirche ein Junges bekommen, und mit dieser Tischglocke rief sie die Grazien herbei. Die Grazien kamen, das Meßbuch in der Hand, und schritten mit niedergeschlagenen Augen zur andern Tür hinaus.

Sie roch nicht einmal nach Seife. Sie hatte überhaupt keinen Geruch.

Holunder

Trotz des Windes liegen die Dörfer steif in Glut und Stille. Nur die Springbrunnen der Holunderbüsche sprudeln und spielen mit den weißen Monden ihrer Blüten.

Am Abend lösen sich die Gassen, zerfließen lustvoll zwischen Himmel und Feld. An allen Ecken winken die Geisterhände des Holunders, und wenn ein Bursche über die Straße geht, taumelt er ein wenig, und die Mädchen lehnen halbversunken an Mauern und

Treppen und rühren sich nicht, aus Furcht, beim ersten Schritt in Traum und Ohnmacht zu fallen.

Hinter den erleuchteten Fenstern seines Arbeitszimmers, auf und ab, wandert der Herr Pfarrer. Savarin hat ihn nach einer Konsultation verlassen, bei der mehr von Theologie als von Medizin die Rede war. Manchmal bleibt der geistliche Herr stehn und blickt über die Straße. An deren Ende sieht man die Vogesen und darüber, zehn Uhr abends, noch immer die Farben des Sonnenuntergangs.

»Heidnische Tage!« murmelt schadenfroh der Doktor.

Heuwagen

Altäre einer uralten Gottheit. Von Kühen und Pferden gezogen, wanken sie im Gleichschritt der Tiere.

Sie nehmen fast die ganze Breite der Straße ein. Das fortschrittliche Auto verlangsamt vor ihnen die Fahrt.

Ihr Duft, Weihrauch der Erde, füllt die Ebene bis zu den Bergen. Sonne umlodert die Schatten der Bäume, und hier, im Schatten, steht der Duft wie unter einem Gewölbe. Wir fühlen uns leicht benommen, wenn wir durchfahren.

Ein maßloser Mittag!

Die Berge sind ein Hauch auf einem Spiegel. Der Umriß, den ein Finger flüchtig hineinmalte, verschwimmt immer mehr.

Auf den Hügeln blühen die Reben

Ein Duft, klar und leicht wie die Mondsichel, die die Blüten mit zartem Tau bestreut.

Und am Waldrand die Edelkastanien

Fast warf es uns um. »Man könnte – könnte von einem Gestank sprechen«, zischte der Doktor und fuhr schneller.

Jedoch – Liebende haben allen Grund, über den fatalen Geruch nachsichtig zu urteilen. Er steht jenseits von schön und häßlich, wie das Geschlecht …

»Schon gut«, meinte der Doktor. »Es war nur ein bißchen – ein bißchen viel auf einmal … Es überstieg – das menschliche Maß.«

Johannisnacht

Aus einem dunkeln Hausflur kommt eine Katze.

Plötzlich macht sie erstaunt halt und schaut mit funkelnden Augen einem Glühwurm zu.

Er tanzt ihr fast auf der Nase.

Wiesen

Ungewisse Pfade führen hindurch, Pfade, wie sie in Urwäldern unter den Sohlen der Eingeborenen entstehn – der Fremde hat Mühe, sie zu erkennen.

Von Träumen übermannt, tue ich wie als Kind und werfe mich ins Gras. Es schlägt über mir zusammen, und wenn es wieder stillsteht, ist der Himmel so fern, als erblickte ich ihn, eine Sekunde vor der Auferstehung, aus der Tiefe des Grabes.

Die hohen Blumen, Kuckuckslichtnelke, Storchschnabel, Skabiose, umwandeln mich, sanfte Giraffen. Der Schierling überragt sie mit seinem Schirmwipfel und wirft einen Schatten, in dem allerhand Käfer sich leiblich ertüchtigen. Das Gras ist reif, die Fahnen der Rispen leuchten gelblich, fast weiß in der prallen Sonne. Die Halme erinnern an die hohen Fahnenstangen, wie sie in Schweden vor den Landhäusern stehn.

Kein Wunder, daß sie alle beflaggt sind, es wimmelt von Gästen.

Die Gräser, vom Wind bewegt, sind gewaltige Bäume, die bis in den Himmel ragen. Ameisen klettern von einem Baum zum andern. Im Unterholz kämpfen zwei Hirschkäfer. Raubvögel bevölkern den Himmel: Hummeln und Bienen. Und ganz, ganz, ganz oben, im siebenten Himmel, wiegen sich zwei Bussarde endlos im Hochzeitsflug …

Skabiosen: aufgespießte Himmelstropfen eines schönen Tages.

Hahnenfuß: Goldknöpfe für die Joppen jener Liftboys, die Dichter und Heilige in den Himmel fahren.

Ferner sind da: Frühlingsglockenblumen von so zartem Bau, daß sie ihre Glocken kaum zu tragen vermögen. Vom Wind geläutet, brechen sie buchstäblich zusammen.

Auch bei Windstille, wenn selbst die überzarte Schale des Mohns ihr flüssiges Feuer nicht verschüttet, kann man sie läuten sehn. Dann hängt natürlich ein Lausbub von Käfer am Glockenstrang.

Blicke aus dem Fenster

Der Doktor steht dabei

Abendläuten

Solange die Tage zunehmen, verliert sich das Abendläuten im lichten Himmel wie eine Maus im Kornfeld.

Mit dem Abnehmen der Tage gewinnt es wieder an Zuversicht.

»Es wird mir immer deutlicher«, sagt der Doktor, »daß die Kirche gerade erst begonnen hat, eine heidnische Welt zu besiedeln.«

»Und wer weiß, wie weit sie damit kommt!«

Auch ein »Naturarzt«

Der Doktor fragt:

»Ist es nicht so, daß die Landschaft durch mich eine ärztliche Funktion ausübt? Meine Patienten, die immer unterwegs sind, wissen es am besten.«

Nach einer Weile fügt er hinzu:

»Ich gehe ja nicht auf dem Wasser wie Petrus und die meisten meiner Kollegen, ich gehe, wie ich heute plötzlich zu meinem Schrecken bemerkte, durch eine gemähte Wiese wie in einem See.«

Vorweltliche Wolken

»Heute sind lauter Drachen der Vorzeit über den Himmel gezogen: Cotylosaurier, Mosasaurier, Ichthyosaurier, Dinosaurier, Tyrannosaurier, Ceratopside, Pteranodone – und auch solche, von denen auf der Erde nicht die geringste Spur mehr zu finden ist.

Einige habe ich für meinen Drachenatlas abgezeichnet.«

Hellsehen

An der Wahrheit von Ahnungen und doppelten Gesichten zweifle ich sowenig wie am »Hellsehn« der Schmetterlingsmännchen, die der Liebesduft des Weibchens von weither anlockt – selbst wenn ein zweifelsüchtiger Gelehrter das Weibchen in das Kloster einer Drahtglocke sperrt.

Welch ein Paradies haben unsre abgestumpften Sinne eingebüßt!

Zitto

1.

Zitto war lange Zeit ein Religionsfeind. Ich merkte es zuerst bei der Geschichte mit dem Spitz.

Der Spitz gehört einem freundlichen Konsistorialrat, der sich zur Ruhe gesetzt hat. Es war der erste andersrassige Hund, den Zitto, ein Airedaleterrier, zu Gesicht bekam, und er faßte gleich eine leidenschaftliche Zuneigung zu ihm. Wenn er ihm begegnete, trieb er ihn vor sich her in den Wald, um Gelegenheit zu finden, ihn vor Rehen und andern Raubtieren zu schützen. Er war so besorgt um ihn, daß er ganze Nächte in der Hütte des Kleinen verbrachte.

Sei es nun, daß er ihn auch gegen seinen Herrn verteidigen wollte, sei es, daß dieser Anstoß an der Hundefreundschaft nahm und dagegen einschritt – Zitto brauchte des Konsistorialrats nur ansichtig zu werden, um sofort den Schwanz einzuziehn und wie ein Löwe zu knurren.

Den Spitz selber beachtete er längst nicht mehr, seitdem er entdeckt hatte, daß es fast ebenso viel fremdartige Hunde gab wie Häuser.

Etwas später fiel mir auf, daß mein Hund ohne jeden Anlaß den schwarzen Kutten der katholischen Schwestern aus dem Wege ging. Ich predigte ihm Toleranz, und tatsächlich nahm Zitto sich zusammen, einmal beschnupperte er sogar eine kleine Schulschwester, unverkennbar in der Hoffnung, Geschmack an ihr zu finden.

Schon im nächsten Augenblick aber ließ er den Kopf sinken und schielte vorwurfsvoll zu mir hin. Er tat, als ob er niesen müßte, schnaufte mächtig durch die Nase, immer noch den Blick ernst und traurig auf mich gerichtet, ohne sich von der Stelle zu rühren ... Auf einmal sauste er los, die Böschung hinab, in die Wiese. Dort wälzte er sich minutenlang im Heu.

Er kam wieder, von Frische duftend, mit dem zufriedenen, ein wenig trägen Gang der Kurgäste, wenn sie, das gerollte Frottiertuch unterm Arm, vom Markgrafenbad ins Hotel zurückkehren.

Damit man aber nicht meine, Zitto sei ein Unmensch, will ich ihn von einer besseren Seite zeigen.

Ich saß am Schreibtisch, als ich aus dem Garten ein klägliches Wimmern vernahm, das sich vom Wimmern eines Säuglings nur dadurch unterschied, daß mir beim ersten Laut Todesangst aufs Herz fiel.

Ich stürzte hinaus und fand Zitto, wie er mit einem jungen Hasen im Rachen herumgaloppierte. Das Häschen schrie um sein Leben, was Zitto natürlich nicht verstand.

Manchmal legte er das Tierchen ab, ließ es springen und versuchte, mit ihm zu spielen, als wäre es ein junger Hund. Wenn er sah, daß der Kerl sich noch immer nicht auf das Spiel einließ, schnappte er ihn wieder und zeigte ihm, wie man springt, indem er mit ihm durch die Rabatten jagte und verschiedentlich auch über den Gartenzaun setzte. Als es mir endlich gelang, ihm das Häschen abzunehmen, war es zwar ganz naß vom Speichel des Hundes, aber völlig unversehrt.

Es lebt heute noch, ist groß und gewitzigt und sehr schnell und fürchtet sich so wenig vor dem Hund, daß es mit seiner Familie im Dahlienbeet wohnt, zwanzig Schritte von der Hundehütte.

Da war ein weißer Pudel, der regelmäßig zu Besuch kam. Er war der Spielgefährte und intimste Freund Zittos. Der Airedaleterrier lehrte den Pudel, was Laufen heißt, und der Pudel lehrte Zitto, mit eingezogenen Vorderläufen auf dem Gesäß hocken und um ein Stück Zucker bitten (das Zitto, der nur kräftige Kost schätzt, nach Empfang dem Pudel überließ).

Eines Morgens wurde der Pudel, als er mit Zitto auf der Straße spielte, von einem Auto überfahren. Zuerst stellte Zitto lebhafte Wiederbelebungsversuche an, und als sie erfolglos blieben, wurde er nachdenklich. Es war das erstemal, daß er auf den Tod stieß. Er brauchte lange, bis er verstand. Er verstand mit der Nase. Die Art, wie seine Nase immer langsamer über den Pudel hinstrich und sein Schwanzstummel immer tiefer sank, drückte die ganze Erschütterung aus, die eine solche Entdeckung hervorruft.

Die nächste Zeit kam Zitto regelmäßig zur Dichterin Annette Kolb, der Herrin des Pudels und legte sich unter den Flügel. Das war der Lieblingsplatz seines weißen Spielkameraden gewesen.

Später suchte er einen Ersatz bei den Dahlienhasen. Aber durch ihre unredliche Art, beim Wettlauf Haken zu schlagen, verstimmten sie ihn derart, daß er sie ein für allemal aus seinem Leben strich.

2.

Zitto hat eine Freundin, eine Wolfshündin, die er zur gegebenen Zeit besucht. Sie wohnt eine Stunde weit weg, und niemand weiß, wie er ihre Bekanntschaft gemacht hat. Da er der einzige Airedaleterrier in der Gegend ist, wurde er gleich erkannt und bei uns verklatscht.

Um Ostern brachte er einen jungen Fuchs aus dem Wald heim. Er zeigte ihn vor, ließ ihn unter seiner Aufsicht ein bißchen im Hof herumkriechen, worauf er ihn wieder ins Maul nahm und mit ihm verschwand.

Er brachte ihn, wie wir bald erfuhren, seiner Freundin, die gerade ihre Jungen stillte. Die Hündin nahm den Fuchs ohne weiteres an Kindesstatt an. Sie ließ ihn mittrinken und paßte auf, daß er nicht in das nahe Kellerloch fiel.

Nachts schliefen die Hunde im Freien, während der Fuchs es sich im frischen Stroh der Hütte bequem machte. Im geschlossenen Raum ertrugen die Hunde seinen Geruch nicht.

Wir wetteten, in welchem Hühnerhof er zuerst auftauchen werde. Leider starb er an einer Gehirnerschütterung, die er sich zuzog, als er, vom Höhlenhaften angezogen, dann doch ins Kellerloch stürzte.

3.

Zitto stand in der Wiese, ermüdet oder vielmehr gelangweilt von der vergeblichen Anstrengung, einen Maulwurf auszugraben. Er schnupperte nach neuer Beschäftigung und sah, wie eine Heuschrecke ein Zittergras ansprang.

Das Zittergras geriet in furchtbare Aufregung.

»Gottogottogott! Ich tu' dir ja nichts!« sagte die Heuschrecke und sprang weiter.

»Aber, bitte, meine Nerven!« schrie das Zittergras zurück.

Hier beschloß Zitto, die beleidigte Unschuld zu rächen. Er machte einen Satz und zerbiß die Heuschrecke. Dabei schürzte er vorsichtig die Lippen, und als das Tier zu Boden fiel, brachte er mit dem verzwickten Tanzschritt, den die Hunde bei solcher Gelegenheit anwenden, nach den Lefzen auch noch seine Pfoten in Sicherheit. Vermutete er bei seinem Opfer einen Giftstachel wie bei Wespen und Hornissen? Oder tat er nur so, um sich vor dem Zittergras aufzuspielen?

4.

Die Stelle, wo er kürzlich von einem Auto angefahren wurde, nennen wir den Weg nach Damaskus. Der Unfall hat ihm körperlich nicht geschadet, er war nur zwei Tage marode.

Aber seine Jugend ist hin.

Er schielt so lange nach einem Eichhörnchen, bis es auf und davon ist. Er duldet die Vögel auf der Terrasse. Er verwandelt sich sogar in Bronze, um nicht zu stören, wenn wir sie füttern. Stundenlang weicht er mir nicht von der Seite. Er springt nicht mehr durch offne Fenster, um tagelang wegzubleiben. Die Vertreter der verschiedenen Konfessionen erfahren nicht mehr seine Verachtung. Statt mich auszulachen, wenn ich ihm etwas befehle, hört er mich geduldig an, und meistens gehorcht er. Er gehorcht, ohne mit den hübsch gerollten Brauen zu zucken, obwohl er sehr gut weiß, daß dies Zucken ihn unwiderstehlich macht.

Und oft kommt er mit blutender Schnauze heim, weil er in seiner Askese so weit geht, nur noch mit Igeln zu spielen.

Himmlische Landschaft

Ost und West

Unter den Wolken gibt es an erlesenen Tagen erlesene Gebilde. Angelockt von einem strahlend blauen Himmel, kommen sie einzeln oder in lichten Scharen.

Es ist wortwörtlich Sonntag, die Wolken haben Ausgang.

Da ich die Feste feiere, wie sie fallen, gehe ich an solchen Tagen in die Ebene und setze mich auf den Rand eines Straßengrabens. Nach Osten blicke ich auf den Schwarzwald. Drehe ich mich um, habe ich, in größerer Entfernung, die Vogesen vor mir.

Die Wolken über den Vogesen erinnern an jenen Wurf Spucke auf einer Mauer, von der Leonardo behauptete, ein Maler könne aus ihm heraus-sehn und -zeichnen, was ihm beliebe – so eine Spucke enthalte die Schöpfung.

Über dem Schwarzwald sind sie körperlicher … Dafür übertreffen die Vogesenwolken nach Sonnenuntergang die andern an Deutlichkeit, Vielfalt und Farbenpracht … Denn dann sind sie von unten beleuchtet, und die sinkende Nacht mischt sich in das Spiel.

Robben

Über den Badischen Belchen schieben sich drei – vier Wolken. Wie weiße Robben liegen sie da, die Vorderflossen auf dem Grat, und schauen in die Ebene.

Sie haben sich den Belchen ausgesucht, weil er als höchster Berg die beste Aussicht bietet.

Die eine der Robben ist ein Junges. Neugieriger als die andern, liegt es fast ganz auf dem diesseitigen Hang. Obwohl es, streng genommen, da schlechter sieht als von ganz oben.

Verwandlung

Die Robben verwandeln sich in Seelöwen, sie wachsen weiter, die Flossen werden zu Beinen, und dann setzen sie sich als Elefanten in Marsch … Je weiter sie kommen, desto weißer werden sie. Nie hat es auf der Erde weiße Elefanten gegeben, die so weiß gewesen wären.

Mitten über der Ebene machen sie halt. Sie knien nieder, kippen um und sind nur noch ein Haufen Elefantenmittagsschlaf.

Kavalkade

Eine Weile danach erscheint über dem Schwarzwald eine Kavalkade. Männer in weißem Burnus und Turban reiten auf weißen Rossen, Zaumzeug funkelt, Speere blitzen, und als ich über mich blicke, hat der Elefantenmittagstraum eine Oase geboren … Blaues Wasser fließt und vertieft sich zu Brunnen, in der milchigen Luft ragen Palmen.

Ich fahre auf meinem Gesäß herum. Hoch über den Vogesen liegt eine weiße Stadt, vom Mittelmeer bespült, ich unterscheide flache Dächer, Minarette und ein Tor, das mit rosigem Schatten gefüllt ist.

Wüstenvögel

Der Kavalkade folgte eine Schar Wüstenvögel unbekannter Art. Einer der Vögel hat drei Paar Flügel und wird beim Fliegen immer länger, ein andrer hebt ein Bärenhaupt und rudert mit dünnen, gefiederten Beinen – einen Leib besitzt der überhaupt nicht. Ein dritter ist rundlich und träge und bleibt immer mehr hinter den andern zurück.

Schließlich wird mir klar: dieser Letzte ist niemand anders als der Mond, der fürwitzig in den hellen Tag hineinrollt.

Der Abendstern

Als die Sonne untergegangen war, zeigte sich ein Reich seliger Archipele über den Vogesen, lichtgerändert, in einem gelben Meer.

Das Meer lag ganz still. Durch seine gespannte Fläche schimmerten Korallenbänke.

Ringsum verdämmerte der blaue Ozean …

Von einem der Archipele hatten sie eine Rakete in den Himmel geschossen, die war hoch oben hängen geblieben.

Ein Kirchturm nach dem andern erkannte den Abendstern und begann zu läuten.

Sonne auf Schienen

Wolken, die der Morgensonne Abenteuer in den Weg legen, kenne ich nicht. Die Sonne kommt zu mir durch den Wald, und bis sie erscheint, sind die Händel, im Guten oder Bösen, für die nächsten Stunden abgetan.

Im Winter sickert sie durch den Nebel, der sich im Wald festgesetzt hat. Manchmal aber bricht sie mit der Gewalt einer Maschine durch. Der kleine Hans sagte einmal: »Die Sonne kommt auf Schinjen durch den Wald ...«

Sind die Schienen da, erscheint auch bald, blau und silbern, die Lokomotive.

Wahrsagungen

An einem 24. Dezember war ich ganz allein im Haus. Natürlich kam es mir nicht in den Sinn zu feiern. Abends, gleich nach Sonnenuntergang, sah ich auf dem Elsässer Belchen einen geschmückten Weihnachtsbaum – das goldene und silberne »Engelshaar« glühte. Auf der Spitze des Baumes warf ein Engel, im Begriffe aufzufliegen, ekstatisch ein Bein nach hinten. Er war aus karminrotem Glas.

Später löste sich die Wolke in phantastische Gebilde auf, die an jene Figuren erinnerten, wie sie beim Bleigießen zum Wahrsagen dienen. Ich rätselte an ihnen bis in die sinkende Nacht.

Eines Morgens erhielt ich aus Italien die Nachricht, jemand, den ich sehr liebte, sei tödlich erkrankt. Damals dauerte es Wochen, bis man ein Visum für den Paß bekam, und ich konnte vernünftigerweise nicht hoffen, jenen Menschen wiederzusehn ... Der Himmel über der Ebene blieb den ganzen Tag mit krötenhaften Wolken bedeckt, die Erde war ohne Licht.

Wenige Stunden später kam ein Wind auf, der fegte den Himmel blank und erhellte die Erde.

Als die Sonne, von glühenden, schwanengleichen Wolken begleitet, sich den Vogesen näherte, traf die Nachricht ein, daß der schon Totgeglaubte operiert worden sei und sich außer Gefahr befinde.

Die Nacht darauf gab ich einem Stern, der besonders schön und an die äußerste Himmelsgrenze gerückt schien, den Namen des Freundes. Den Namen, o Wunder, eines Lebenden!

Ein andres Glück, das mir geschah, als ich schon nicht mehr darauf hoffte, wurde durch die Sonne, den guten Hirten, angekündigt, der sich an der Spitze seiner Schafherde über den Himmel bewegte.

Auf dem Kamm der Vogesen drehte er sich nach seinen Tieren um ...

Die Herde errötete unter seinem Blick, drängte sich dichter zusammen. Er stieg den jenseitigen Hang hinab, langsam folgten die Tiere.

Es dauerte wirklich etwas lange, bis sie alle drüben waren ...

Begreiflich. Ihr Weg führte sie durch eine blühende Heide, in der es viel zu knabbern gab.

Auch meinen Leichenzug habe ich droben gesehn ... Keine Prophezeiung könnte glaubhafter sein.

Es war ein Armenbegräbnis. Hinter einem Sarg schritt eine einzige Gestalt, und die löste sich in Luft auf, bevor der Leichenwagen mit dem Grauschimmel den Kirchhof erreicht hatte (als den ich den Elsässer Belchen ansah).

Freilich war es Spätherbst und kalt und der Weg recht weit.

Nach dem Regen

Man sieht jeden Zug der Vogesen, jeden Einschnitt, die Sandsteinbrüche streuen rosa blühenden Oleander zwischen die Waldmassen.

Aus den Tälern steigen kleine Wolken, hellgrau und flockig, und lassen sich auf den Hängen nieder.

Die Bergkette entlang und bis tief in die dampfende Ebene entfesselt die Sonne Schleiertänze des Lichts. Jeden Augenblick wechseln die Dinge Gestalt und Farbe …

Der Rauch einer Lokomotive, die Mülhausen zudampft, nimmt unbeholfen daran teil – wie sich eben ein zahmer Lindwurm anstellt, wenn er in einen Elfenreigen gerät.

Gefährliche Hochzeit

Am Frühlingshimmel beobachtete ich, wie eine gewaltige Gottesanbeterin (Mantis religiosa) bei der Liebe (und leichtem Südwest) ihr ebenso stattliches Männchen auffraß. Nicht etwa in einer Art Raserei, nein, bedächtig, mit Überlegung und Umsicht.

Das Männchen schien es gar nicht zu merken. »Wie es ja«, stellte der Doktor fest, dem ich es erzählte, »wie es ja auch auf der Erde durch das Aufgefressenwerden nicht gehindert wird, bei der Sache zu bleiben, solange die Kauwerkzeuge der Gemahlin das wesentliche Organ nicht angreifen. Und dann ist es natürlich zu spät.«

Hagel

Braungelbe Wolken, von denen es brodelnd herabhängt, kündigen Hagel an.

Sobald sie sich zeigen, legen gescheite Leute ihre Teppiche hinaus, um sie vom Himmel ausklopfen zu lassen.

Nächtliches Gewitter

Bei jedem Blitz erblassen die Wolken und sind starr vor Schreck über das, was sie da schon wieder angerichtet haben.

Überraschung

Welch ein Spaß, wenn eine Eingängerwolke, die niemand beachtet, plötzlich aus heiterem Himmel einen Regenschauer entsendet!

Die Frauen lachen und blinzeln nach oben, als sei dort ein zweideutiges Wort gefallen ... Die Kinder kommen gelaufen und strecken die Hände in den Regen. Lauwarm fällt er von der Sonne ... Alles, was ringsum glänzte, glänzt doppelt.

Die Hühner glauben, der Gartenschlauch des Nachbars erlaube sich einen Scherz mit ihnen, und flüchten kreischend in den Stall.

Nur der Hahn, seiner Würde bewußt, bleibt draußen. Der Kamm schwillt ihm vor Entrüstung. Jeder Schritt fordert heraus, verachtet, befiehlt, dem Unfug ein Ende zu setzen ...

Tatsächlich hört das Rieseln bald wieder auf.

Man muß sich solch eine Wolke ansehn!

Die Unschuld in Person.

»Wie, zum Teufel, kommt die Jungfer zu dem Kind!«

Im Zeichen des Löwen

Die Wiese dröhnt vom Gesang der Bienen. Die Goldparmänen reifen.

Morgens, wenn der Baum sich im Frühlicht plustert und die Nachtfeuchte abstreift, hängen die Äpfel dickköpfig da und verstopfen sich alle Poren gegen die im Winde schaukelnden Sirenengesänge. Sie wollen vom Hochsommer und seiner Lustbarkeit nichts wissen … Ihre Zeit ist noch nicht da.

Selbst am Mittag, den das Steinobst auf der Maultrommel und die Birnen mit lustigem Geklingel feiern, bleiben sie kühl, ja, die Musik und der begleitende Singsang der Wiesen scheinen sie zu ärgern. Je höher die Wellen der mittäglichen Kirmes schlagen, um so tiefer verkriechen sie sich in den Schatten. Kaum, daß die im Blätterdickicht wühlende Sonne einen Zipfel ihres goldbraunen Rockes erwischt.

Im Zenit schwebt eine einzige kleine Wolke, rund wie ein Ballon. Sie steigt höher und höher und lockert sich zusehends.

Ich muß ins Dorf.

Links, hinter den spärlichen Bäumen (beim Anlegen der Straße haben sie auf dieser Seite nur die hundertjährigen Riesen stehn lassen), stürzt der Himmel in die Ebene ab, und da ich die Ebene von hier nicht sehn kann, ist es ein Sturz ins Bodenlose – aufregend, wie wenn man auf der Schaukel aus der Höhe zurückfährt …

Rechts ist tiefer Laubwald. Ein Wind, auf der Straße nicht spürbar, bewegt die Wipfel der Bäume. Die Bäume stehn so dicht, daß man den Himmel nicht sieht. Ihr Laub verbreitet ein grünes, bis tief ins Unterholz dringendes Licht. Wie feurig muß der Himmel auf dem Wald liegen, daß alles hier unten so durchsichtig ist! … Ein Eichhörnchen bewegt sich darin wie hinter Glas.

Wenn ein Vogel singt, sind es wenige, ganz innige Töne, ohne rechte Verbindung. Sie fallen vom Baum, kleine, runde Worte aus einem Traum …

In all der Helligkeit stehn einzelne Tannen. Sie schwenken ihre Äste und werfen mit düstern Schatten um sich.

Die Goldziffern der Kirchenuhr verschwimmen zu einem einzigen Ring. Er muß glühend heiß sein, denn die Zeiger, die hineinragen, schmelzen von der Spitze herab. Man kann die Zeit nicht ablesen.

Aber da schlägt es drei – aus dem Kühlraum der Kirche.

Wir stehn im Zeichen des Löwen, und obwohl keine Rede davon sein kann, daß der Löwe aus seinem Käfig ausbricht, halten die Menschen sich in den Häusern verborgen.

Ein Huhn, das über die Straße geht, hebt die Beine, als schreite es auf einem glühenden Rost.

Die Wolke im Zenit verschwindet – ein Gärungsdämpflein, das durch den Spund entweicht ...

Die Ebene hat die Grundfarbe des Himmels angenommen, den Satz seiner Bläue, ein dunkles Lila.

Jugend badet in Frankfurt am Main

Der Dom trägt einen Altfrankfurter Hut, eine richtige, hochvornehme Kaufmannstiara ...

Am Mainkai stehn mächtige Bürgerhäuser. Sie haben etwas vor sich gebracht, die Herren, einen Achtung fordernden Abstand zwischen sich und den Strom gelegt ... Es sind lauter Respektspersonen, an denen, bei näherem Zusehn, ein Zug von Gekränktsein auffällt. Wahrscheinlich finden sie, die Welt komme täglich mehr herunter.

Dicht vor ihrer Nase baden Tausende im Main, Jünglinge und Mädchen, viele unterscheidet man kaum, sogar im nassen Badekostüm. Auf dem Motorboot lächeln, kopfnicken sie vorbei, junge Männer, junge Frauen.

Gegenüber gibt es eine riesige neue Markthalle, Hafengebäude, Fabriken. Den Strom entlang baden sie, Tausende von Leibern glänzen an der Sonne.

Je matter die Sonne wird, um so tiefer leuchten die blanken Leiber, am Strand, den Strom hinauf und hinunter, auf dem Hintergrund der Speicher, Hallen, Fabriken.

Hallen, Speicher, Fabriken stehn so nah am Himmel, daß sie in der Vordämmerung ihren Sinn zu verlieren scheinen, sie vergessen sich selbst im wachsenden Raum, treiben hell, doch mit schwindenden Umrissen einer Nacht entgegen, von der kein Mensch noch wissen will.

Zugleich gewinnen die Wohnhäuser, gewinnt die ganze Stadt mit dem seßhaften Dom darüber an Wirklichkeit. Das alles strotzt von dunkelfarbenem Leben, noch hat der Himmel sich kaum verfärbt ...

Bis mitten hinein in die Stadt bewegen sich die Scharen lichtgesättigter Körper, es sind wandelnde Tempelsäulen der Zeit, in denen das Leben das klare Lied singt – unser kleines, sangbares Ritornell, aus den unfaßlichen Tönen geboren, von denen wir umdroht sind, das Lied des Menschen, des herrlichen, aufrecht und hell über die Erde hinwachsenden Menschen.

Das Lied vom unerschöpflichen Wunder Mensch, Lobpreisung, daß es ihn gibt und seine Sonne und den Engel, der ihn mit atmendem Glanze streift, wenn der Abend, kindhaft verspielt, den panischen Schrecken abwandelt in Farben, Düften und Tönen der Erde ...

Nie war das Leben so von Jugend durchblüht – und die neuen Städte von Gärten.

Alles Licht kommt daher, der helle Klang unsrer Tage.

Die Freiheit und Tapferkeit der Jugend liegt wie ein Sommertag über den Älteren, selbst wer sich mit Bitterkeit ermüden fühlt, wendet nicht das Gesicht ab. Je höher er steigt, um so inniger sammelt er um seine Sinne den großen, farbigen Ruf des Morgens. Er will am Morgen sterben, am Morgen ...

Nie wölbte sich ein so langer Tag über den Geschlechtern.

Der Bergbriefträger

1.

Der Briefträger, der das Blauenhaus versorgt, hat im Frühjahr ein abwechslungsreiches, aber schweres Leben. Er macht täglich die Reise von Badenweiler nach Spitzbergen und zurück.

Wenn bei uns die Krokusse ausschellen, der Tulpenzirkus sei unterwegs, liegt der Berggipfel in Eis und Schnee, und nichts verrät, daß unten die Wässerlein rennen, was sie können, die Vögel geschwätzig Nester bauen oder ausbessern und vollgefressene Amseln ihr Mittagsschläfchen an der Sonne halten.

Wenn bei uns die Kirschen verblühen, sind auf dem Blauen die Buchen noch in einen Sprühregen von Knospen gehüllt, den die Nacht in Eiskristalle verwandelt.

Droben liegen noch Haufen Schnee, da schwimmen auf den Bächen Veilchen mit langen Stielen, die die Kinder weggeworfen haben, weil es zu viel davon gibt. (Man sieht den Veilchen an, daß sie im Wasser weiterblühn. Sie treiben lustig dahin, drehen sich auf den kleinen Strudeln, und an Stellen, wo der Bach aufstrahlend ihre Farbe annimmt, weil er den Himmel spiegelt, erlöschen sie wie ein Licht.)

Der Briefträger kommt oben heiser an und muß sich dauernd räuspern, wenn er mit Vater Haas, dem Blauenwirt, redet. Bei seiner Heimkehr riecht er nach Grog, aber die Stimme ist klar.

Er trägt in seiner Tasche Schlüsselblumen hinauf und Schneeklumpen an den Stiefeln hinunter, und wo er stehenbleibt, bildet sich eine Wasserlache.

Unten fragt man ihn gern, ob heute Alpensicht sei. Er hat noch nie »Nein« gesagt, denn er ist gut Freund mit Vater Haas.

Einmal, der Flieder blühte schon, marschierte er als Weihnachtsmann durch den Ort, schneeweiß von Kopf zu Fuß.

Die Jungens, hinter ihm her, sangen höhnisch »O Tannenbaum ...« und taten, als ob sie Schneeballen kneteten und nach ihm würfen, während die Mädchen, auch kalendermäßig hinter den Jungen zurück, mit scheinheiliger Miene versicherten: »Von drauß' vom Walde komm ich her – Ich muß euch sagen, es weihnachtet sehr.«

Andre Male freilich liegen wir blöd und kurzsichtig im Nebel, und oben ist alle Pracht des sonnigen Hochgebirges versammelt – die alte Erde entsteigt, aus dem Ei geschält, einer Sintflut schmutziger Nebel.

Und wir hören den Briefträger über uns lachen.

2.

Im Sommer steigt er täglich auf den Berg, statt, wie in der übrigen Zeit, bloß zweimal in der Woche.

Dafür erlangt er aber auch eine unvergleichliche Stellung, der gemäß ein etwas weniger bescheidener Mann sich ruhig gestatten dürfte, allen andern Briefträgern aus tausend Meter Höhe auf den Kopf zu spucken. Was sind die brieftragenden Zwerge der Täler neben ihm? Verweser des Alltäglichen, Beamte des stündlichen Kleinkrams, Umlaufmännchen eines Uhrwerks ...

Hingegen er! Sein Auftauchen auf dem Gipfel ist dem Ruhm eines Landes vergleichbar, im Augenblick, wo Schiffbrüchige es betreten, oder, umgekehrt, der magischen Erscheinung jenes Schiffes, das Robinson von seiner Insel erblickte.

Alle die Menschen, die sich vor der Geschäftigkeit der Welt auf die himmeloffene Arche des Berggipfels geflüchtet haben, stürzen bei seinem Anblick infolge eines plötzlichen Bebens über Bord. Die harten Kämpfer hingen gleichsam in der Luft, nun fassen sie kräftig Boden. Den in vierundzwanzigstündiger Einsamkeit halbverwilderten Frauen winkt Stab und Halt.

Ein Liebesbote taucht aus dem Wald auf, schwitzend von der Last der Herzensergüsse, die er den Berg heraufschleppt, ein Prophet entledigt sich seiner Bürde. In jeder Ecke, wo Zeitungen gelesen werden, munkeln noch stundenlang die Orakel, brutzelt der Zorn der Zeit auf dem Spirituskocher.

Die Frauen sind mit ihrer Post in den Wald entschwunden.

Es gibt den »Briefträgerweg« auf den Blauen.

Das ist ein grober, von den Stiefeln vieler Briefträgergeschlechter ausgetretener Pfad, der stracks durch dick und dünn auf den Gipfel führt und von dem gewöhnliche Bergsteiger nur mit Hochachtung sprechen. Es ist ebenso beschwerlich, ihn abwärtszugehn wie hinauf. Richtig, von Anfang bis Ende, hinauf geht ihn auch der Briefträger nicht, aber hinab kennt er keinen andern Weg, und sicher ist die Talfahrt das größere Kunststück ...

Ich schlendre, Zitto an der Kette, den Berg hinab. Auf einmal wird der Hund unruhig. Zwei, drei Steinchen kollern über den Weg, sonst ist alles ruhig. Der Hund zerrt an der Kette und stößt immer wieder gegen die Böschung vor.

Jetzt vernehme ich über mir ein Rasseln, von kurzen, wilden Schreien unterbrochen, die Reste einer Steinlawine, die eine Brombeerhecke abfängt, bröckeln auf den Pfad – Zitto heult auf.

Gleich darauf erblicke ich *ihn*, wie er senkrecht den Wald herabgesaust kommt. Er fährt auf den Steinen wie auf Rollschuhen. Der Uniformrock ist geöffnet, das Hemd – das Gesicht glüht. Die Stiefel sprühen Funken. Sein Mund steht offen, er singt und schwingt den Stock.

Mit einem Sprung setzt er über den Pfad, rollt weiter, weicht blitzschnell vor einem Baum aus und ist weg.

Der Hund schnuppert winselnd in den Schweißschwaden, der quer über unserm Weg steht, und es dauert lange, bis er sich beruhigt ...

Das war der Bergbriefträger auf seiner Talfahrt.

Fünf vor Null

Das Lipburger Tälchen

Eines Nachts ging ich in den Mond bis zu einer Bank, von der man über ein kleines, vielfach bewegtes, aber geschlossenes Tal blickt. Die Bank steht neben einem niedrigen Steinkreuz am Waldrand.

Es ist ein wunderbarer Platz zum Alleinsein, zum Schauen und jener tieferen Art von Schau: dem Horchen ... Der Mond hielt noch hinterm Wald, ich konnte ihn nicht sehen. Um so inbrünstiger leuchtete in der Schale des Tälchens die Nacht. Tief um die Bäume gesammelt hingen die Wiesen im Abgrund. Obenauf schwamm der kleine Friedhof.

Die Mauer, die in einer Ecke das Gebeinhaus hielt, stieg unvermittelt aus den Wiesen. Die Gräber waren ihnen nicht fremder als der gepflügte Acker dem unaufgebrochenen Weidestück daneben – vom Kreis der Berge, über den Rand eines unerschöpflichen Brunnens, strömte die Stille.

Die schmiedeeiserne Tür war immer angelehnt, immer schien gerade jemand den Friedhof verlassen zu haben, aber nie hatte ich hier einen Menschen getroffen. Die Gräber waren gepflegt in der Art der winzigen Bauerngärten, nicht zuviel, nicht zuwenig. Für jede Jahreszeit stand eine Staude bereit und dazu die eine oder andere Sommerblume.

Hier wollte ich einmal ruhen, bis die Posaunen des ewigen Sommers mich weckten.

Herbstpflanzung

Mein Tisch liegt voller Blumenzwiebeln, einer Dynamitladung von Farben, die jetzt heimtückisch in den Boden versenkt werden, Flatterminen, die das nächste Frühjahr zur Explosion bringt ...

Zuerst werden die gelben Wintersturmhüte losgehn, noch unterm Schnee. Wir haben sie mit weißen Krokussen und Schneeglöckchen durchsetzt und einen Hartriegelstrauch, der ganz früh und gelb blüht, in die Nähe gerückt. Das gibt die erste Fanfare, schmelzend mit dem Schnee, dann anwachsend unter der Sonne, die die schwarze Gartenerde freilegt – bis wenige Tage später, aus einer entlegenen Ecke, in plötzlich auftauchenden Massen die gelben Riesenkrokusse einfallen … Weiß Gott, ich fühle den Tumult schon im Blut, die gelbe Sarabande, deren Töne auf Sonnenstrahlen durch den Garten flitzen!

An den ersten schönen Abenden bläst das Orchester kleine Wiegenlieder, die keiner vergißt, der sie einmal gehört hat, und morgens rühren sie die Klappern zum Wecken.

Sollten dann böse Tage folgen, wird die Vorhut tapfer gegen Sturm und Schneetreiben stehen und den Frühling am Rockzipfel festhalten.

Bald stellen Szilla und Schneeglöckchen sich ein, es marschiert die bunte Truppe der Tulpen auf, die frühen, mittleren, die Darwintulpen, die Papageientulpen, die neuentdeckten »Bizarren« unserer Großmütter, ein langer, feierlicher Zug, dem die Krokusse voraustanzen wie die Kinder der Wachtparade.

Jetzt herrscht Fülle. Der Tag dehnt sich, wird üppig, kleidet sich immer reicher. Der Abend vergeht im kristallklaren Duft der Dichternarzissen (der schönsten aller Narzissen, trotz der kostbaren Neuzüchtungen). Die Camassia ist auch da, von der ich glauben möchte, sie sei die blaue Blume des Novalis, die Ixia und viele andre kleine Dinger, die einen wahr und wahrhaftig verzaubern, Zwiebelfeen, Luftgeister, die mit der Nabelschnur an der Erde festhängen und an die man sich nie gewöhnt, so oft einem auch der Frühling durch sie bis ins Blut geschaut hat … Es läuft mir über den Rücken, wie ich in meinem Zimmer zwischen geheiztem Kachelofen und beschlagenem Fenster an ihre Gesichtchen und ihr lustiges Wesen denke!

Aber auch die Herbstkrokusse, die gefüllten Herbstzeitlosen und andere Herbstblüher kommen jetzt in den Boden, und dann ist die Pflanzung beendet. Mit diesem in die Beete versenkten Donnerwetter und Gezwitscher aufrührerischer Farben beschließen wir die Vorbereitungen für die nächste Spielzeit unseres Blumentheaters.

Der Abschied

Schöne Herbsttage überlebten sich verzückt in der Mondnacht.

Der Morgen lag von Reif glitzernd unter einem sanften Himmel, lautlos weideten Kühe den Hang herauf.

Die Jungen, die sie hüteten, waren stumm.

Einmal knallte einer mit der Peitsche, was ein schönes Spiel ist, aber nicht lange, dann fühlte er sich von dem knatternden, gleichsam schulmeisterlich verweisenden Echo aus dem Wald unangenehm berührt, es war wieder still, und die kleinen Hirten samt ihren Kühen fuhren in den Fäden des Altweibersommers traumhaft hin und her über die Wiesen.

Von Zeit zu Zeit kam ein Windhauch, ein plötzlicher Seufzer des Waldes – da flog die Stille über das Land.

Kaum daß man die Zeichnung der Vogesenkette erkannte. Dunst wie ein Paradiesgartendickicht schloß die Ebene ein.

Als ich auf die Terrasse trat, legte mir die Sonne eine schwere Hand auf die Schulter.

Ich verstand, daß es der Abschied war.

Erzählungen der Frühromantik

1799 schreibt Novalis seinen Heinrich von Ofterdingen und schafft mit der blauen Blume, nach der der Jüngling sich sehnt, das Symbol einer der wirkungsmächtigsten Epochen unseres Kulturkreises. Ricarda Huch wird dazu viel später bemerken: »Die blaue Blume ist aber das, was jeder sucht, ohne es selbst zu wissen, nenne man es nun Gott, Ewigkeit oder Liebe.«

Tieck Peter Lebrecht **Günderrode** Geschichte eines Braminen **Novalis** Heinrich von Ofterdingen **Schlegel** Lucinde **Jean Paul** Des Luftschiffers Giannozzo Seebuch **Novalis** Die Lehrlinge zu Sais
ISBN 978-3-8430-1878-4, 416 Seiten, 29,80 €

Erzählungen der Hochromantik

Zwischen 1804 und 1815 ist Heidelberg das intellektuelle Zentrum einer Bewegung, die sich von dort aus in der Welt verbreitet. Individuelles Erleben von Idylle und Harmonie, die Innerlichkeit der Seele sind die zentralen Themen der Hochromantik als Gegenbewegung zur von der Antike inspirierten Klassik und der vernunftgetriebenen Aufklärung.

Chamisso Adelberts Fabel **Jean Paul** Des Feldpredigers Schmelzle Reise nach Flätz **Brentano** Aus der Chronika eines fahrenden Schülers **Motte Fouqué** Undine **Arnim** Isabella von Ägypten **Chamisso** Peter Schlemihls wundersame Geschichte **Hoffmann** Der Sandmann **Hoffmann** Der goldne Topf
ISBN 978-3-8430-1879-1, 408 Seiten, 29,80 €

Erzählungen der Spätromantik

Im nach dem Wiener Kongress neugeordneten Europa entsteht seit 1815 große Literatur der Sehnsucht und der Melancholie. Die Schattenseiten der menschlichen Seele, Leidenschaft und die Hinwendung zum Religiösen sind die Themen der Spätromantik.

Brentano Die drei Nüsse **Brentano** Geschichte vom braven Kasperl und dem schönen Annerl **Hoffmann** Das steinerne Herz **Eichendorff** Das Marmorbild **Arnim** Die Majoratsherren **Hoffmann** Das Fräulein von Scuderi **Tieck** Die Gemälde **Hauff** Phantasien im Bremer Ratskeller **Hauff** Jud Süss **Eichendorff** Viel Lärmen um Nichts **Eichendorff** Die Glücksritter
ISBN 978-3-8430-1880-7, 440 Seiten, 29,80 €

Erzählungen aus dem Biedermeier

Biedermeier - das klingt in heutigen Ohren nach langweiligem Spießertum, nach geschmacklosen rosa Teetässchen in Wohnzimmern, die aussehen wie Puppenstuben und in denen es irgendwie nach »Omma« riecht.

Zu Recht. Aber nicht nur.

Biedermeier ist auch die Zeit einer zarten Literatur der Flucht ins Idyll, des Rückzuges ins private Glück und der Tugenden. Die Menschen im Europa nach Napoleon hatten die Nase voll von großen neuen Ideen, das aufstrebende Bürgertum forderte und entwickelte eine eigene Kunst und Kultur für sich, die unabhängig von feudaler Großmannssucht bestehen sollte.

Georg Büchner Lenz **Karl Gutzkow** Wally, die Zweiflerin **Annette von Droste-Hülshoff** Die Judenbuche **Friedrich Hebbel** Matteo **Jeremias Gotthelf** Elsi, die seltsame Magd **Georg Weerth** Fragment eines Romans **Franz Grillparzer** Der arme Spielmann **Eduard Mörike** Mozart auf der Reise nach Prag **Berthold Auerbach** Der Viereckig oder die amerikanische Kiste

ISBN 978-3-8430-1884-5, 444 Seiten, 29,80 €

Erzählungen aus dem Biedermeier II

Annette von Droste-Hülshoff Ledwina **Franz Grillparzer** Das Kloster bei Sendomir **Friedrich Hebbel** Schnock **Eduard Mörike** Der Schatz **Georg Weerth** Leben und Taten des berühmten Ritters Schnapphahnski **Jeremias Gotthelf** Das Erdbeerimareili **Berthold Auerbach** Lucifer

ISBN 978-3-8430-1885-2, 440 Seiten, 29,80 €

Erzählungen aus dem Biedermeier III

Eduard Mörike Lucie Gelmeroth **Annette von Droste-Hülshoff** Westfälische Schilderungen **Annette von Droste-Hülshoff** Bei uns zulande auf dem Lande **Berthold Auerbach** Brosi und Moni **Jeremias Gotthelf** Die schwarze Spinne **Friedrich Hebbel** Anna **Friedrich Hebbel** Die Kuh **Jeremias Gotthelf** Barthli der Korber **Berthold Auerbach** Barfüßele

ISBN 978-3-8430-1886-9, 452 Seiten, 29,80 €